台華文對照小說集

燈塔下

胡長松◎著

最新一代的台語小說
以及最新的二二八小說
——談胡長松的《燈塔下》和《槍聲》
◎宋澤萊

　　胡長松又要出版他的兩本小說集了，異於他先前所出版的《柴山少年安魂曲》和《骷髏酒吧》兩本長篇小說，現在出版的是短篇小說集。同時除了一兩篇先用北京語寫好再譯成台語之外，絕大部分都先用台語寫好，再附一份北京語翻譯，也就是說，這兩本短篇小說可算是道道地地的台語小說。

　　由於胡長松先前出版長篇小說，所以現在一談到他，大家都認為他只寫長篇，卻不知道他在短篇小說上也有很深的造詣，譬如他的短篇〈燈塔下〉就曾經被譯成英文登在外文報紙上，若非這篇小說有過人之處，編者豈有這麼做的道理。我曾注意到他短篇小說的寫法，深覺他的成功之處在於情節的安排，像〈死 e 聲嗽〉這篇小說，他巧妙的運用了魔幻寫實的技法，到最後才讓讀者知道這篇小說一開始，主角已經中槍死亡，以後的情節都是靈魂所編造出來的情節，其編排技術十分奧妙。同時，自他創作以來，所使用的文字就非常明晰簡潔，讀起來很流利，和讀者溝通良好，不管用台語創作也好，北京語創作也罷，都是如此，這就加

強了他文章的可讀性和可接受性。可以說閱讀胡長松的小說就是一種享受。

在內容上，《燈塔下》這一本是社會寫實短篇小說，是比較先完成的，計有九篇；《槍聲》這一本則是二二八事件短篇小說，是較後完成的，計有八篇；合起來共計十七篇。寫作的時間合起來有好幾年之久，也就是說寫這些小說是很不容易的，耗時又費盡心力。但是這個數量已經是日治時代小說家賴和小說的總數量了。

為什麼胡長松會從社會寫實小說轉向二二八事件小說的寫作呢？原因是有一次我們談到台灣歷史小說的問題，我認為一般的缺點是考證不足，主要的原因還在於文獻不足，無法還原現場，因此小說作者容易任憑己意，隨便書寫，小說的力量就無法顯露出來。同時，我更認為像二二八事件這種小說，大家都盡量採用大敍述，非要將整個事件一筆寫完不可，因此就顯得很制式和教條，好像二二八事件的受害者都只是一個模樣，哪裏會考慮到二二八事件有兩萬人受害，這兩萬人的受害樣式應該是人人都不同才對。因此，胡長松開始詳細收集資料，閱覽、考察各種出土的二二八事件報告和口述，務必要還原事件的真貌。同時他又是高雄人，高雄本是二二八事件受害最深的地方，所以在小說的地緣上，佔盡優勢，寫起來的故事就不單純只是一個人物故事，而是整個高雄民眾生活環境的描述。他的二二八事件小說叫人大開眼界，放眼當前的二二八小說的作者中，還沒有人曾寫過這麼多的事件以及寫得這麼真實，這真是台灣文學的一個美好收穫。

　　胡長松這時出版這兩本台語小說時機也很恰當,目前,台語的攻堅主力是台語詩,創作的人也很多,要看到台語詩很容易,俯拾即是。獨獨台語小說一直很少,作家更少。現在最迫切的莫過於多幾本台語小說,來彌補失衡的現象,讓更多人有閱讀小說的機會,胡長松的台語小說正可以解除這個缺憾。當前,前一代台語小說寫得最好的人應該是陳雷和蕭麗紅兩人,也是字數較多的兩個作家,這兩個作家的台語傾向了典雅,文字具有古風。胡長松的年紀少了他們一大截,由於台灣社會發達,事務更新,所見萬象比較複雜新穎,因此在語言的使用上更具變化,其中,胡長松大量使用俚語,所用的腔調、語詞更具地方性,這又是他的前輩作家所無的現象,值得注意、珍惜。

　　我要預祝這兩本台語小說出版成功,也期望每個台灣人都來閱讀、研究胡長松的小說。

自　　序　　◎胡長松

　　這本短篇小說集,是我寫作台語文學最初期的作品集,完成於 2000 年至 2002 年的這段時間。雖然當時我已能運用北京語寫下三篇長篇的小說,其間不乏穿插台語對話的經驗,但對於純粹台語的創作,卻仍是陌生的。正好那時,鄉土文壇的幾位良師摯友相約組成了台灣新本土社,讓我很榮幸認識了當前最活躍的一群台語作家朋友。在他們的鼓勵和提攜之下,我踏上台語文學創作這條路。

　　到底為什麼用台語來創作呢?對我而言,最重要的理由乃是情感的因素:用台語來寫作,給了我一種自然地面對鄉親的心情,或者,更精確地說法,是類似對著母親說話的心情。因為這些話語,都是從小以來,伴隨著我的成長,圍繞在我耳邊的親切語言,故當我試著拿筆把她寫下時,竟像是回到昔日家裏客廳或者鄉里聚會的交談中了,這給了我極為踏實的感受,而至深深地著迷了。我認為每一個有寫作經驗的人,都應該至少嘗試看看用自己的母語寫作,這樣的體驗絕對是千金難買的。

　　就我而言,透過台語創作的另一個重要理由,在於對族群交流的期待。語言學家說,語言是文化的承載體,此言不假;換句話說,蘊藏在族群語言裏頭的,其實是一個族群生活、思想、信仰、情感、歷史的文化面貌;我們很難想像全世界只有一種語

言，這就和我們很難想像全世界只有一種文化面貌一樣；單一語言、單一文化的世界，不免會是一個枯燥單色的世界，而透過交流，彼此的族群文化將更加輝煌。從文學的角度來看，莎士比亞的詩劇有他獨特的央格魯・撒克遜語言魅力，而塞萬提斯的唐吉軻德則有他西班牙語言的魅力；我們不難觀察到，是各民族的母語豐富了文藝復興的文學，而非當時官方通行的拉丁語。我一直深信，多元化差異是創意的搖籃，是世界文明邁進的主要動力之一；特別台灣是個多族群的社會，台灣的文學創作者實有責任在這個基礎上，發揚自己族群的文化、文學特色，和其他族群交流，彼此豐富，進而對世界文學做出貢獻；就這點來看，各族群的母語創作確是一條值得珍惜的道路。

這本小說集共收錄了九篇台語小說，在形式上，大部分是自然寫實一派的小說，譬如〈燈塔下〉、〈偷〉、〈筆錄〉、〈一滴值錢e目屎〉等這幾篇。另一方面，也因為是最初的嘗試，讓我思考了台語小說可能的表現力：台語小說是不是有可能以現代派更具表現力的技法來呈現？事實上，宋澤萊早在1987年即以三萬字的中篇小說〈抗暴e打貓市〉充分展現了現代派的意識流技巧；另外，1990年前後至今，陳雷發表了大量擲地有聲的小說作品，運用表現主義的爆發力十足；他們均是台語文學先行者極高的成就。不過，為了更多的可能，我還是野人獻曝地寫下〈死e聲嗽〉、〈貓語烏布合貓e民族〉這兩篇，前者隸於魔幻寫實，而後者則隸於寓言體，雖是個人單薄的嘗試，但此投石問路，希望能為台語文學的現代化略表心力，作為後來者參考。

　　本書出版之際，我要特別感謝台灣新本土社的諸多良師摯友，特別是宋澤萊先生、陳金順先生以及方耀乾先生，沒有他們的鼓勵賜教，就不可能有這本書的出版。當然，對於前衛出版社，我始終抱持著最高的敬意與謝意。

　　同時感謝您百忙中願意撥空閱讀這本書，希望本書能帶給您新的閱讀經驗。也誠摯地期待您的指教。

——2005/1/26

目次

[台語]

燈塔下

　　若是你嘸捌體會討海人、生理人合遊客透濫[lam⁷] e 特殊氣味，請你一定來旗津一絻。

　　遮是高雄港市偎海 e 角落，吞吐 e 是台灣海峽 e 空闊。港口 e 漁船仔隨著波浪起落浮沉，搖搖晃晃有歌 e 旋律；討海人粗聲 e 喝喊，值鹽腥[chho] e 空氣中流 thoaN³，一切值島南光燦 e 日光之下，十足 e 明耀美麗。

　　旗津合其他 e 港口全款，閃熠有堅定 e 生命活力，近來鬧熱起來。夕陽慢慢趄[chhu]過海平線，一層 thoaN³ 過一層溫柔 e 光，罩落值港邊 e 樓厝頂頭，位港口 e 對面抑是更加遙遠 e 市鎮，一波過一波 e 人客溢來。殷或者是去夠附近海埔仔散步、欣賞夕陽 e 時行都市人，或者是卜來遮好好仔吃一攤 e 興吃 e 人客。咁嘸是？值旗津 e 街仔路兩片，有店面 e 海產餐廳合無店面 e 海產擔，興吃 e 人客親像是一群沙蟳，爬上岸。殷值十色百樣 e 海味頭前趖來趖去，一夠盈暗，道予旗津街仔變做人聲雜踏 e 繁華夜街路。

　　不過，旗津迷人 e 氣味嘸是值遮，是值遠避人群、孤獨稀微 e 旗後山。老大人話講旗後山過去是港市柴山 e 伸手，為著開墾港口，才將伊位腰身打斷，形成即馬即座碕值海墘，干那是笑看

[華語]

燈塔下

　　若是你不曾體會漁人、生意人和遊客交雜的特殊氣味，請你一定來旗津一趟。

　　這裏是高雄港市近海的一隅，吐納著台灣海峽的寬闊。港口的漁船隨著波浪浮沉，搖晃中有歌的旋律；漁人粗聲的喝喊，瀰漫在鹽味腥味的空氣中，一切在島南燦亮的陽光之下，十足明媚著。

　　旗津和其他的港口一樣，閃耀著堅定的生命活力，近來熱鬧起來了。夕陽慢慢斜向了海平面，一層暈過一層溫柔的光輝，罩落在港邊的樓房上，從港口的對面或者更加遙遠的市鎮，有一波又一波的客人湧入。他們或者是去附近海灘散步、欣賞夕陽的流行都市人，或者是要來這好好吃一攤的老饕們。可不是？在旗津的街道兩邊，有店面的海產餐廳和沒店面的海產擔子，老饕們像是一群沙蟹，爬上岸來。他們在各色各樣的海味前晃來晃去，一到晚上，就讓旗津街變成了人聲鼎沸的繁華路。

　　不過，旗津迷人的氣味可不是在這裏，而是在遠避人群、孤獨落寞的旗後山。老人家閒說著旗後山過去是港市柴山的延伸，為了開墾港口，才將它從腰身打斷，形成現在這座立在海邊，彷若是笑看風塵的孤岩。多年來，台灣海峽的波浪打在山的岩壁，

風塵e孤岩。久年來，台灣海峽e波浪打值山e岩壁，予伊向海
e一面更加崎峭[kia⁷-chhiau³]；雖然山勢無懸，卻是予人畏嚇
e絕崖。崖頂是一座百年歷史e白色燈塔，夜暗暝，慢慢旋轉e
光線照值曠闊烏藍e大海，嘛照值旗後山腳一抱雜亂猶有老古珊
瑚石建築e房厝。遮，合外面繁華e市街無全，正是旗津老聚落
e所在之地。

旗津人叫遮「燈塔腳仔」。

燈塔腳仔e人口逐年減少，少年仔無願意留落來，濟濟出外
打拚；啊留落來e，道合眞濟老聚落全款，差不多全是孤單無依
e老人。

　　　　※　　　　　　※　　　　　　※

又閣黃昏。天頂有暴雨晉前特有炫麗e紅彩，海平線日頭e
方向，幾撇仔金色e、幾撇仔淺淺紫色e雲，排列、漂浮。燈塔
e燈，光起來。海湧全款撍值山腳e珊瑚礁石，啪啪啪值海e聲
調之中，一個中年人快步行向燈塔腳仔。靴，是伊e故鄉。

眞久無轉來啊，即位中年人，連爸母都早早搬離開即個所
在。伊即擺轉來，是卜來探望聽講倒值病床有一暫時間e阿姑。
伊e阿姑來福嬸仔一直守值遮。

中年人行夠偎山腳彼排低[ke⁷]厝仔e第一間，敲[kha³]兩
下仔門板，無人應聲，道家己將門搡[sak]開，行入去。

值山影之中e即間厝，內底暗索索，伊順手將頭殼頂一葩細

讓它面海的一邊更加陡峭；雖然山勢不高，卻是嚇人的絕崖。崖頂是一座百年歷史的白色燈塔，夜晚，緩緩旋轉的光線照在寬廣墨藍的大海，也照在旗後山腳一簇雜亂還有著老古珊瑚石建築的房屋。這兒，和外面繁華的市街不同，正是旗津老聚落的所在之地。

旗津人叫這裏「燈塔腳仔」。

燈塔腳仔的人口逐年減少，年輕人不願留下來，很多出外打拚去了；而留下來的，就和很多老聚落一樣，差不多全是孤單無依的老人家。

　　　　※　　　　　　※　　　　　　※

又是黃昏。天邊有暴雨前特有炫麗的紅彩，海平面太陽的方向，幾抹金色的、幾抹淺淺紫色的雲，排列著、漂浮著。燈塔的燈，亮起來了。海浪一樣擊在山腳的珊瑚礁石，而啪啪啪在海的聲調之中，一個中年人快步地走向燈塔腳仔。那裏，是他的故鄉。

很久沒回來了，這個中年人，連父母都早早地搬離了這個地方。他這次回來，是要來探望聽說已經病倒好一陣子的阿姑。他的阿姑來福嬸仔一直守在這兒。

中年人走到了靠著山腳那排矮房子的第一間，敲了兩下門板，沒人應門，就自己將門推開，走進去。

在山影之中的這房厝，裏頭黑漆漆的，他順手將頭頂一盞微

細葩日光燈打開，道「阿姑、阿姑喔……」安呢喝起來。無外久，位內間仔慢慢行出來一個曲痀 e 人影。是伊 e 阿姑，無嘸對。伊 e 阿姑看著伊，目睭睗大，叫一聲：「喔！是明雄仔喔！」她卜閣向前行幾步，遂虛弱加要挺[theN³]值邊仔 e 桌仔角，險險道昏去。

一段時日無見，阿姑 e 形影消瘦落來，眼神無力閣空洞。值頭殼頂 e 日光燈本底道傷暗，濛濛照值厝角，看著更加暗澹稀微。明雄仔即個中年人，看阿姑如此虛弱，險險嘛昏過去。伊一腳步踏進前，扶按[huaN⁷]她 e 肩胛。伊喝講：「阿姑！妳是安怎啊？」

即位老歐巴桑作無事款，手揚[iat]一下。

明雄仔扶她轉去房間 e 眠床倒落，問她：「阿姑，妳吃飽啊未？」

來福嬸搖頭：「我吃未落。」

「無吃哪會使？我去買。」

「免啦！」

嘸過，明雄猶是行出彼間低厝仔。

伊一出門，道看著厝邊坐值門口納涼 e 阿水嬸。伊講：「阿水嬸！久無看。值靴坐喔！」

「喔！是明雄仔喔！」阿水嬸嘛真熱切給應。

「是啊……」，明雄行過：「是講，阿水嬸仔，我借問，阮阿姑，阮阿姑是安怎啊？」

「幾若個月啊啦！未愛吃糜飯，歸日干擔倒咧，也嘸去予醫

弱的日光燈打開，就「阿姑、阿姑喔……」這麼地喊起來。沒多久，從內室慢慢走出來一個曲痀的人影。是他的阿姑，沒錯。他的阿姑看著他，眼睛睜大著，叫一聲：「喔！是明雄仔喔！」她要再向前走幾步，竟虛弱得必須撐在一旁的桌角，差點要昏倒。

　　一段時日不見，阿姑的形影消瘦了，眼神無力又空洞。頭上的日光燈本來就太昏暗，濛濛地照在屋角，看起來更加暗澹落寞。明雄仔這個中年人，看阿姑如此虛弱，差點也昏過去。他跨一步向前，攙著她的肩膀。他喊著：「阿姑！妳是怎麼了啊？」

　　這位老太太強做鎮定，手揮了一下。

　　明雄仔攙她回去房間的床上躺下，問她：「阿姑，妳吃飽了沒？」

　　來福嬸搖頭：「我吃不下。」

　　「不吃怎麼行？我去買。」

　　「不必啦！」

　　不過，明雄還是走出那間矮房子。

　　他一出門，就看見鄰居那坐在門口納涼的阿水嬸。他說：「阿水嬸！久不見了。在那兒坐喔！」

　　「喔！是明雄仔喔！」阿水嬸也熱切地回應著。

　　「是啊……」，明雄走過去：「是說，阿水嬸仔，我借問，我阿姑，我阿姑是怎麼了啊？」

　　「幾個月了啊！不吃飯，整天只是躺著，也不去看醫生。唉……」

　　「那阿貴仔呢！他可有常回來？」

生看。唉⋯⋯」

「啊阿貴仔咧！伊咁有捷轉來？」

阿水嬸搖頭，沉沉沉閣吐一個大氣。

明雄無閣問，直接大步行向市街e方向。表小弟阿貴仔是阿姑e孤子，姑丈來福獒[gau⁵]做閣勤儉，過去掠烏魚，存一筆錢，幾年前過身以後道全部留予伊。阿貴仔提即筆錢，去值鬧熱e旗津街仔，盤一間店面，學人做海產餐廳e生理。伊見人道講家己是在地人，物件靚[chhiN]閣有料，其實，伊已經無滯值燈塔腳仔，早早道搬夠另外一頭新起e住宅區去啊。阿貴仔罕得轉來揣阿姑，明雄早道聽講，只是無看著眼前e光景，嘸知影代誌e嚴重。伊一面行，嘴裏一面罵。

即個時陣，夜色已經完全嵌住旗津。燈塔e光線金燦燦，旋轉。燈塔下，旗後山漲大e烏影，值嘩嘩e海潮聲音之中，干那化做一隻不死e大獸，用伊頭頂光明e目睭，受氣看向無外遠e繁華市街。

波浪予明雄想起著家己值燈塔腳仔e童年。彼時，伊合阿貴仔裪腹theh，位岸邊一步跳入海裏，享受溫暖e海水合日光，三不五時嘛掠寡魚仔蝦⋯⋯想夠遮，街路近囉，伊大大力晃頭，一支嘴「罷了，罷了⋯⋯」哈[hap]咧哈咧趃趃唸。

※　　　※　　　※

另外一頭，值人客鼎滾燈光燦爛e所在，旗津，沈醉值燒酒

阿水嬸搖頭,深深地嘆了口氣。

明雄沒再問,直接大步走向市街的方向。表弟阿貴仔是阿姑的獨子,姑丈來福努力勤儉,過去捕烏魚,存了筆錢,幾年前去世以後就全部留給他。阿貴仔拿這筆錢,在熱鬧的旗津街頂了一間店面,學人家做起海產餐廳的生意。他見人就說自己是在地人,東西新鮮實在,其實,他已經不住在燈塔腳仔,早早就搬到另外一頭新蓋的住宅區去了。阿貴仔很少回來找阿姑,明雄早就聽說,只是沒看見眼前的光景,不知道事情的嚴重。他邊走,嘴裏邊罵。

此刻,夜色已經完全蓋住了旗津。燈塔的光亮燦燦著,旋轉。燈塔下,旗後山漲大的烏影,在嘩嘩的海潮聲音之中,彷若化成了一隻不死的大獸,用他頭頂光明的眼,生氣望向不多遠的繁華市街。

波浪讓明雄想起自己在燈塔腳仔的童年。彼時,他和阿貴仔光著身,從岸邊一步跳入海裏,享受溫暖的海水和日光,時常地捉些魚蝦……想到這些,路街近了,他大大地搖著頭,一張嘴「罷了,罷了……」地喃喃自語。

※　　　　※　　　　※

另外一頭,在鼎沸燈光燦爛之地,旗津,沈醉在燒酒和海味的香氣裏。都市人都走近這兒來了。擔上的鮮魚、蛤蜊、蝦蟹,在燈照射下,五光十色。西裝畢挺的都市人就是愛這氣味,他們

合海味 e 芳氣裏。都市人齊[chiau⁵]傱眞値遮。擔仔頂 e 靚魚、蛤
仔、蟳仔蝦，被燈火所照，五光十色。西裝畢紮 e 都市人道是愛
即味，殷若吃若笑，時常閣傳出放蕩酒拳 e 喝聲。明雄仔已經夠
位，阿海味，伊一向是甲意 e ，不過即陣看著，胃遂顛倒滾絞起
來。伊行夠一間老店頭前。即間店確實是老歷史啊，店頭家水旺
叔仔位伊細漢看伊夠大漢，所以明雄仔徛値店門口，一眼道予認
出來。

「喔！明雄仔！罕行喔！」伊給招呼。

「是啊！水旺叔仔！旗津閣卡鬧熱啊呢！」

「啊使道講，發達啊！都市人興即味，你看店一間一間
開……對啦，明雄仔，你今仔是來……」

「喔，我來探阮阿姑仔 e 啦！」

「唉，講著恁阿姑仔……」水旺叔聽著伊講阿姑，全款搖頭。

「水旺叔仔，拜託包一個海產糜予我。」

「好！隨來，隨來。」

因爲知影阿姑當飫，明雄仔糜提咧，道啪啦啪啦走轉去燈塔
腳仔。伊若走若想，若受氣。

雖然來福嬸嘴講未飫，一碗糜嘰哩咕嚕，三兩下手道卜吃了
了。若吃 e 時，明雄仔値邊仔給問：

「阿姑仔，妳有去予醫生看否？」

來福嬸點[tam³]頭：「有。有啊！」

「啊醫生安怎講？」

「講無代誌啦！卡虛爾啦！無啦！無代誌啦！」

邊吃邊笑著，時常還傳出放蕩酒拳的喝喊聲。明雄仔已經到了，而海味，他一向是喜歡的，不過這時見著，胃卻反而翻絞了起來。他走到一間老店前面。這店確實是老歷史了，店老闆水旺叔仔看著他長大，所以明雄仔站在店門口，一眼就被認了出來。

「喔！明雄仔！罕行喔！」他招呼著。

「是啊！水旺叔仔！旗津更加熱鬧了呢！」

「這還用說，發達啦！都市人愛這個，你看店一間一間開……對啦，明雄仔，你今天是來……」

「喔，我來探訪我阿姑的啦！」

「唉，說到你阿姑仔……」水旺叔聽著他說起阿姑，同樣搖頭。

「水旺叔仔，拜託包一個海產粥給我。」

「好！馬上來，馬上來。」

因為知道阿姑正餓著，明雄仔提著粥，便啪啦啪啦跑回去燈塔腳仔。他邊跑邊想，邊生著氣。

雖然來福嬸嘴說不餓，一碗粥嘰哩咕嚕，三兩下就吃光了。邊吃的時候，明雄仔在一旁邊問她：

「阿姑仔，妳有去看醫生嗎？」

來福嬸點頭：「有。有啊！」

「啊醫生怎麼說？」

「說沒事啦！說只是虛弱點啦！沒啦！沒事啦！」

她講到虛弱二字時，無力的眼神突然間微笑起來，像是要安慰明雄仔似的。

她講著卡虛兩字 e 時，無力 e 眼神雄雄微笑，親像卜安慰明雄仔全款。

明雄自細漢道是一個氣魄血性 e 查甫子，一身是勇健 e 骨骼，值燈塔腳仔是通人知 e，嘸過即時，伊卻感覺稀微囉。位房間小小 e 窗仔看出去，是山腳烏森森 e 樹影，值海風之中搖擺，淅淅沙沙，竟然親像底哭全款。「阿貴仔……」伊又閣值心內回想，昔時天真 e 囡仔伴，即馬到底是變做啥款啊啦？唉……

「啊！」雄雄，來福嫲大叫一聲。

明雄仔回神，驚一眺[tio⁵]，伊看著阿姑腹肚冒[mouh]咧，歸個人殟[un]值土腳。

「阿姑，阿姑仔！妳是安怎？」明雄仔馬上踞落給攬咧。

「腹肚！腹肚足痛！」

「好，妳小忍咧！我隨送妳去病院！」

　　　　※　　　　　※　　　　　※

值就近 e 旗津地區公立病院，明雄仔將一切安頓好勢，行出病房。伊行夠陽台，點一枝薰，巴啦巴啦吸[suh]起來。「病人傷久無吃，一下吃傷雄，胃才會揪筋——」伊想著拄才醫生 e 話：「營養無夠，歸個胃腸攏有問題，而且腰子嘛誠歹。身體足虛，要滯院一暫……」

「X——」伊嘴齒咬咧，操一句，將無吃了 e 薰大大力撣出去。

　　明雄從小是個氣魄又血性的男兒，一身是壯健的骨骼，在燈塔腳仔是人人知曉的，不過這時，他卻感覺唏噓了。從房間小小的窗戶向外望，是山腳黑森森的樹影，在海風之中搖擺，淅淅沙沙，竟然像在哭泣似的。「阿貴仔……」他又在內心回想，昔時天真的童伴，現在到底是成了什麼樣了啊？唉……

　　「啊！」突然間，來福嬸大叫一聲。

　　明雄仔回神，嚇一大跳，他看見阿姑捧著肚子，整個人跌地上。

　　「阿姑，阿姑仔！妳是怎麼了？」明雄仔馬上蹲下抱住她。

　　「肚子！肚子很痛！」

　　「好，妳稍微忍著！我馬上送妳去醫院！」

　　　　※　　　　　※　　　　　※

　　在就近的旗津地區公立醫院，明雄仔將一切安頓好，走出病房。他走到陽台，點起一根菸，巴啦巴啦抽起來。「病人太久沒吃，一下吃太快，胃才會抽筋——」他想著剛才醫生的話：「營養不夠，整個胃腸都有問題，而且腎臟也很糟。身體很虛，要住院一陣子……」

　　「×——」他咬著牙，操罵一句，將沒抽完的香菸用力丟彈出去。

　　金黃色的火花，化成一道曲線，墜落。

　　他開始跑，跑向熱鬧的市街。

金黃 e 火點，化做一道曲線，墜落。

伊開始走，走向鬧熱 e 市街。

　　　　※　　　　※　　　　※

　　來福嬸仔 e 後生阿貴仔 e 店，值一個三角窗，地點好，所在闊，有未少人客。伊矮閣肥 e 體格擔一粒已經禿半爿、油光閃閃 e 頭殼，值一桌一桌 e 酒菜之間走闖，而且不時笑咳咳向人客哈腰曲躬。

　　一個人影來值門口。

　　「人客啊！內底坐喔！」阿貴仔慣性親切給招呼，雄雄夯頭，遂看著明雄仔 e 兩蕾目睭，紅膏赤燩，歸個人 chhoah 一下。

　　「阿兄，是你喔！」

　　「是我？僥倖喔！你猶會認得是我？」明雄仔聲嗽眞歹，喝講：「你咁嘸是連老母都嘸認啊？我今仔來遮，一定要合你清楚一下。」

　　阿貴仔倒退一步。有幾個人客聽著後面即句話，幹頭過來看。

　　「是啥物代誌？阿兄你──你莫烏白講！」阿貴仔細細聲仔講，咿咿哦哦。

　　同時位餐廳另外一爿 e 櫃檯後壁，阿貴仔 e 牽手阿雀仔聽著聲，嘛行倎來。她穿一軀古雅 e 紅色旗袍，珠光寶氣，面抹厚

　　※　　　　※　　　　※

　　來福嬸仔的兒子阿貴仔的店，在一個三角窗，地點好，地方寬，有不少客人。他又矮又肥的體格頂著一個已經禿了半邊、油光閃閃的頭，在一桌一桌的酒菜之間奔走，而且不時笑盈盈向客人哈腰鞠躬。

　　一個人影來到門口。

　　「客人啊！裏面坐喔！」阿貴仔習慣性地親切招呼，突然抬頭，竟看見明雄仔的一雙火紅的眼睛，整個人顫了一下。

　　「阿兄，是你喔！」

　　「是我？僥倖喔！你還認得是我？」明雄仔口氣很兇，喊道：「你不是連老母親都不認了嗎？我今天來這兒，一定要和你弄個清楚。」

　　阿貴仔倒退一步。有幾個客人聽著後面這句話，轉頭過來看。

　　「是什麼事？阿兄你──你別亂講！」阿貴仔小聲地說，喃喃似的。

　　同時從餐廳另外一邊的櫃檯後面，阿貴仔的牽手阿雀仔聽到聲音，也走過來。她穿了一身古雅的紅色旗袍，珠光寶氣，臉上抹著厚厚一層脂粉，三吋高的高跟鞋喀喀地響。其實她太過美麗的眼睛遠遠就認出明雄仔來了。她笑著說：「唉呦，是阿兄喔！罕行，罕行啦，那兒坐啦！」

粉,三吋懸e懸踏鞋喀喀叫。其實她傷過頭美麗e目睭遠遠道認出是明雄仔。她笑笑仔講:「唉呦,是阿兄喔!罕行,罕行啦,靫坐啦!」

明雄仔看著伊,哼一句:「妳恬恬啦!無妳e代誌!」

「啥物底無我e代誌?」阿雀仔聽著安呢,面一下抈[loa²]落來:「喂!喂!喂!阮遮生理場呢!叫你阿兄,是給你尊重喔!我先警告,你上好莫值遮大聲細聲亂!」

「妳即個查某!妳底講啥?」明雄仔聽著安呢,肝火愈大,歸腹火攏灼起來:「妳是知影見笑否啊?」伊斡過看阿貴仔,大聲給嚷:「阿貴仔!你聽好勢,莫閣假痟六癲,上好給我聽好勢。你e老母,即馬倒值咧病院,你卜去嘛去攏由在你啦!哼!」

講煞,伊掠一條椅仔,重重給摔值土腳,斡咧道行出去。店裏e人客嘩一聲。

※　　　　※　　　　※

一棟白色e建築物栽[chhai⁷]立值倥沙灘無外遠e所在。遮是一個安靜e角落。銀色e月光溫柔照值沙埔,一對一對e情侶,手牽手散步。道值白色建築物向海e一間小病房,出現阿貴仔,閣有「阿母、阿母!」e叫聲,值伊e後壁,伊e牽手阿雀仔嘛徛咧。

原本雙目瞌瞌、面色白蒼蒼e歐巴桑來福嬸仔,聽著阿貴e叫聲,將目睭thi²開。她sau聲講:「喔!是阿貴仔喔!」

明雄仔看著他，哼了一句：「妳閉嘴啦！沒妳的事！」

「說什麼沒我的事？」阿雀仔聽他這麼說，一下子變了臉：「喂！喂！喂！我們這裏是生意場呢！叫你阿兄，是給你個尊重喔！我先警告，你最好別在這兒大小聲搗亂！」

「妳這個女人！妳說什麼？」明雄仔聽她這麼說，肝火大動，滿腔怒火都燃起來了：「妳知道羞恥嗎？」他轉過頭看阿貴仔，大聲嚷著：「阿貴仔！你聽好了，別再裝瘋賣傻，最好給我聽好了。你的老母親，現在躺在醫院裏，你要去不去都由你！哼！」

講完，他抓起一張椅子，重重的摔到地上去，轉身就走出去。店裏的客人們嘩一聲。

※　　　　※　　　　※

一棟白色的建築物轟立在離沙灘不遠的地方。這是一個安靜的角落。銀色的月光溫柔照在沙灘，一對對的情侶，手牽手散步。就在白色建築物向海的一間小病房，出現阿貴仔，還有「阿母、阿母！」的叫聲，在他的身後，他的牽手阿雀仔也站著。

原本雙眼閉起、面色蒼白的老太太來福嬸仔，聽見了阿貴的叫聲，睜開眼睛。她沙啞地說著：「喔！是阿貴仔喔！」

「阿母！妳現在感覺怎樣？」

「哪有怎樣？沒啦！沒怎樣啦——你不是正忙嗎，怎麼能來？」

「阿母我——」

「阿母！妳即馬感覺安怎？」

「哪有安怎？無啦！無安怎啦——啊你嘸是底無閒，哪通來？」

「阿母我——」

「好啦！好啦！我無要緊。你緊轉去做生理。生理卡要緊。」

來福嬸 lak 伊 e 手，閣輕輕仔打兩下，意思要伊轉去。阿貴仔目箍紅紅，一暫恬恬無講話。

過一下仔，阿貴仔 e 牽手開嘴：

「卡桑！有人底話，講是阮予妳飫加營養不良。妳道嘸通烏白講呢！」

「阿雀仔！」阿貴仔幹頭，低聲給喝。

「好啦，好啦！我知啦！」來福嬸仔 e 面容，慈祥平靜，目睭漸漸閣瞌起來。

即時陣，明雄仔趴值窗邊看沙埔 e 月色，伊 e 耳孔，又閣予一陣一陣幼幼 e 海湧聲 chhoa⁷ 領去。遐聲音聽起來靴呢遠，親像位天頂月娘 e 所在傳來 e 全款。頭前 e 海平線，予旗後山 e 燈塔照過，反射出烏金 e 光一閃一熠，嘛幽幽仔，親像合海湧底合唱……

「我知！我知啦！」來福嬸仔目睭瞌瞌，嘴裏安呢唸。

　　　　　※　　　　　※　　　　　※

兩個月後，值燈塔下，天色猶未齊光 e 透早時，白幡發引，

「好啦！好啦！我不要緊。你快回去做生意。生意要緊。」

來福嬸握住他的手，又輕輕地拍了兩下，意思要他回去。阿貴仔眼眶紅著，一陣子靜靜地沒講話。

過一下子，阿貴仔的牽手開口了：

「卡桑！有人在閒說，說是我們讓妳餓得營養不良。妳可別亂說呢！」

「阿雀仔！」阿貴仔轉頭，低聲喊著。

「好啦，好啦！我知啦！」來福嬸仔的面容，慈祥平靜，眼睛漸漸又闔起來。

這時，明雄仔趴在窗邊看沙灘的月色，他的耳朵，又被一陣陣細細碎碎的海浪聲帶走了。那聲音聽起來那麼遙遠，像是從天上月亮那兒所傳來的似的。前方的海平面，在旗後山的燈塔照射下，反射出烏亮的光茫閃爍，也幽幽的，彷彿與海浪唱和著……

「我知！我知啦！」來福嬸仔闔著雙眼，嘴裏這麼唸著。

　　　　※　　　　　※　　　　　※

兩個月後，在燈塔下，天色還未全亮的清晨，白幡發引，老太太來福嬸仔的棺木被人扛起來。

阿貴仔抱著母親的神主牌，一步一哭，走過那前一晚還是最熱鬧的大街。

——北京語版〈燈塔下〉發表於 1996 年《台灣新文學》秋季號，2001/8/5 以台語改寫，內容同時小幅修改。

歐巴桑來福嬸仔 e 棺木予人扛起來。

　　阿貴仔抱著母親 e 神主牌，一步一哭，行過彼條前一暝猶是上鬧熱 e 大街路。

——北京語版〈燈塔下〉發表於 1996 年《台灣新文學》秋季號，2001/8/5 以台語改寫，內容同時小幅修改。

[台語]

偷

　　一張藍色虎路牌 1985 年出品 e「跑天下」老轎車，值水底寮 e 路口衝紅燈，雄雄幹彎，走入去台一線。兩個十七、八歲 e 少年家仔坐值車裏。函舵櫨[han-toh-lu，方向盤]頭前 e 即個，叫做阿忠，生加瘦猴無血色，目睭細蕾，一個面白死殺，全柱仔籽。另外一個，名叫做阿南，人卡大漢，皮膚卡烏，嘛卡有肉；伊 e 面四四角角，頭毛染做半金半銀，左爿手骨刺一隻烏龍；人道叫伊烏龍。透中白晝 e 台一線，無幾隻車，直直直 e 四線道頂頭，蒸[chheng³]起來一緣濛濛 e 熱氣。正常閣過 25 分會使夠潮州，閣來，道會使幹過萬丹。

　　「你晉打幾速？」烏龍問。伊探頭過看米達錶，速度針指值 65 e 位置。

　　「四速啊。」阿忠回答。

　　「哪嘸打五速？親像老牛底拖車咧！」

　　「即張車干擔四速爾。」阿忠 e 聲音小可緊張，伊閣看一下仔目具物仔[後視鏡]。「即張車實在足無力。」

　　「啊油門咁有摧盡磅？你咁會使閣摧卡緊咧！」

　　「我嘛想卜緊。盡磅啊啦！未使閣緊啊啦。」

　　「X──即台銅管仔！」

偷

　　一輛藍色虎路牌 1985 年出品的「跑天下」老轎車，在水底寮的路口闖紅燈，突然轉彎，奔入台一線。兩個十七、八歲的青少年坐在車裏。方向盤前面的這個，叫做阿忠，長得消瘦無血色，眼睛如豆，一張臉死白，全是青春痘。另外一個，名叫做阿南，塊頭較大，皮膚黝黑；他的臉四四方方，頭髮染成了半金色半銀色，因為左邊手臂刺了一尾烏龍；人們就這麼喊他。正中午的台一線，沒幾輛車，筆直的四線道上，蒸起一層濛濛的熱氣。正常再過 25 分鐘就能到達潮州，然後就可轉入萬丹。

　　「你現在打幾速？」烏龍問。他探頭過去看轉速錶，指針指在 65 的位置。

　　「四速啊。」阿忠回答。

　　「怎麼不打五速？完全像老牛在拖車咧！」

　　「這輛車只有四速而已。」阿忠的聲音略微緊張，他看一下子後視鏡。「這輛車實在沒什麼力。」

　　「那油門踩到底了嗎？你就不能再開快一點？」

　　「我也想再快。到底了啦！不能再快了啦。」

　　「X──這銅罐車！」

　　路邊的黃欒樹正開花，一簇一簇黃色的花，在陽光下通透發

路邊 e 黃欒樹當底開花，一葩一葩黃色 e 花蕾，值日頭腳通透發光，親像兩排金爍爍 e 火線。火線正爿是一大片 e 甘蔗園，遠遠 e 甘蔗園盡頭，是拔地而起，懸大、英挺 e 太武山。

「咁卜踅入去沿山公路？」阿忠問。

「嘸免。若我是電仔［警察］，我一定值沿山公路當［tng］你。哈哈！殷絕對想未夠咱會行即條大條路。」

「咁有影？」

「泰會無影？」烏龍嘛看一下目具物仔。「我老經驗啊啦！靴 e 電仔底想啥，我知知 e 啦。照我講 e 做道無嘸對，我烏龍呢！」

「喔！」

太武山一直猗值靴。阿忠三不五時夯頭看一下。

「奇怪，今仔日我哪會感覺即支山遮懸？」阿忠講。

烏龍將面靠過窗仔，嘛夯頭看。

「咁嘸是全款？」

「無全，真正無全。」阿忠講。伊將車速放慢。車一面向前駛，山嘛一面綴咧退後。青翠 e 山尾溜，罩一緣薄薄 e 白霧。

「喂！你嘛卡專心咧！」

有幾若台車駛真緊，位殷 e 身軀邊超車經過。阿忠偃頭看米達錶，存 50。伊大大力 cham[3] 一下油門，引擎發出嗡嗡 e 怪聲，歸台車振咧振咧，未輸卜定去。米達錶夯轉來 60。

「你想，即囉物件殷咁真正會用即？」阿忠講。

「嘸管啦，反正人客道是卜用，咱道是愛生出來予人。你知

光，像是兩排金閃閃的火線。火線右邊是一大片的甘蔗園，遠遠的甘蔗園盡頭，是拔地而起，高大、英挺的太武山。

「要不要彎進沿山公路？」阿忠問。

「不用。如果我是警察，我一定在沿山公路擋你。哈哈！他們絕對想不到我們會走這條大馬路。」

「真的嗎？」

「怎麼不是真的？」烏龍也看一下後視鏡。「我老經驗了啦！那些警察在想啥，我清楚得很啦。照我說的做準沒錯，我是烏龍啊！」

「喔！」

太武山一直站在那兒。阿忠不時舉頭看一下。

「奇怪，今天我怎麼感覺這座山這麼高？」阿忠說。

烏龍將臉靠抵車窗，也舉頭看。

「可不是一樣嗎？」

「不一樣，真的不一樣。」阿忠說。他將車速放慢。車一面向前駛，山也一面跟著後退。青翠的山頂尖，罩了一層薄薄的白霧。

「喂！你也專心點！」

有幾輛車開很快，從他們的身邊超車經過。阿忠低頭看轉速錶，剩 50。他大力踩一下油門，引擎發出嗡嗡的怪聲，整輛車震動著，彷彿要掛掉。轉速錶昇回來 60。

「你想，這種東西他們真能用嗎？」阿忠說。

「不管啦，反正客戶就是要用，我們就是要生出來給人家。

否？咱嘛算是服務業，人客上大，無，若失信用，以後卜去叼揣即款外路仔？」

「我想無，是安怎即款車遮破，閣有人卜給修理？像即台，送我駛，我都無愛。」

「咁安呢？兄弟，破罔破，我看，來載七仔閣未歹 e 款，有一張車來舫［phang²］，外好咧——」

烏龍笑一聲，幹頭，看阿忠無講話，道恬去。伊手去轉［chun⁷］收音機，浙煞叫，無一台會聽得，閣給關起來。續落，烏龍腳伸長，歸個人爛［loaN³］值椅仔。

「幾點啊？」阿忠問。

「十二點十五。」烏龍看一下仔手錶，講：「你會飫否？」

阿忠搖頭，問伊：「咱拄才是幾點走 e？」

「X——我哪會知？」

「你無看錶仔？」

「看卜創啥？」

「我印象是十一點五十五左右，咁嘸是？」

「我給你講過啊，我嘸知。啊無，你是底煩惱啥？」

「我哪有煩惱啥？」

「閣講無？看你彼個面——安啦！有我值咧！安啦！」

「我是底想，道算彼個人入去農會 20 分鐘，晉嘛差不多出來。伊一定是發現啊。」

「發現是閣安怎？伊即張一、二十年 e 銅管仔，有人卜，伊嘛要笑笑啊啦，我給你講。」烏龍伸一個腰，哈唏。「未啦！無代

你知道嗎？我們也算是服務業，客戶最大，不然，若失了信用，以後要去哪找這種外快？」

「我想不懂，為什麼這款車這麼破，還有人要去修理？像這一輛，送給我開，我都不要。」

「是嗎？兄弟，破是破，依我看，來載個馬子還是不錯的樣子，有一輛車來開，多好啊──」

烏龍笑一聲，轉頭，看阿忠不說話，就安靜下來。他扭開收音機，淅淅煞煞地叫，沒有一台能聽，便又關掉。之後，烏龍將腳伸長，整個人癱在椅子裏。

「幾點了？」阿忠問。

「十二點十五。」烏龍看一下手錶，說：「你會餓嗎？」

阿忠搖頭，問他：「我們剛才是幾點走的？」

「Ｘ──我哪知？」

「你沒看手錶？」

「看幹嘛？」

「我印象是十一點五十五左右，可不是？」

「我說過了，我不知道。我說你是在煩惱什麼？」

「我哪有煩惱什麼？」

「還說沒有？看你那張臉──安啦！有我在啦！安啦！」

「我是想，就算那個人進去農會 20 分鐘，現在也差不多出來了。他一定是發現了。」

「發現又怎麼樣？他這輛一、二十年的銅罐車，有人要，他也要笑笑了啦，我告訴你。」烏龍伸一個腰，打哈欠。「不會啦！

誌啦！當作將車駛去予楊老闆，安呢爾。」

引擎 e 聲眞大，冷氣閣未冷。烏龍將車窗搖落來。

「你彼爿窗仔卜給打開否？」

「嘸免。我看外口愈熱。」

過一時仔，烏龍將伊座位頭前置物箱 e 蓋掀開。

「你卜創啥？」

「抄[chhiau]看覓仔有啥。」

置物箱內底是一堆雜物。螺鍊肉，空空 e 芳水盒仔，鎖匙 khan 仔等等，閣有一塊歹去 e 鏡，一疊各種數[siau³]單、稅單合車輛保養 e 紀錄，其中有未少已經反黃。烏龍將殷一項一項捎出來，清采抽一張稅單起來讀，讀讀咧講：「原來伊叫做林大樹。」

「誰？」

「車主啊。」

「喔！」

「我看伊嘛是散鬼一隻。衰啦！偷著伊算咱衰啦！啊伊去拄著咱，嘛算伊衰啦！」

殷經過幾若個庄頭，日頭眞炎，逐個庄頭攏底歇晝，一直無啥物車輛合人影。行道樹已經嘸是黃欒，換做瘦抽 e 木棉。即爿 e 甘蔗園已經收成，日頭腳，存焦酷酷 e 砂土，合一簇一簇脫水萎去、予人摒值土腳 e 甘蔗葉，白爍爍一片，看著眞刺目。太武山親像有卡近啊，看起來愈懸，山尾溜全款罩一緣薄薄 e 白霧。烏龍發現窗仔打開確實愈熱，無外久閣給絞起來。路邊有一塊看

沒事啦！當作把車開去給楊老闆，這樣而已。」

引擎的聲音真大，冷氣又不冷。烏龍將車窗搖下來。

「你那邊窗戶要打開嗎？」

「免了。我看外面更熱。」

過一陣子，烏龍將他座位前方置物箱的蓋子掀開。

「你幹什麼？」

「找看看有啥。」

置物箱內是一堆雜物。螺絲起子，空的香水盒子，鎖匙圈等等，還有一塊裂掉的鏡子，一疊各種帳單、稅單和車輛保養的紀錄，其中有不少已經發黃。烏龍將它們一項一項拿出來，隨便抽一張稅單起來讀，讀完說：「原來他叫做林大樹。」

「誰？」

「車主啊。」

「喔！」

「我看他也是窮鬼一個。衰啦！偷上他算我們衰啦！啊他去遇著我們，也算他衰啦！」

他們經過幾個庄頭，太陽很烈，每個庄頭都在午休，一直沒什麼車輛和人跡。行道樹已經不是黃欒，換做高高瘦瘦的木棉。這邊的甘蔗園已經收成，太陽下，剩焦枯的砂土，和一簇一簇脫水枯萎、被人摒棄在地上的甘蔗葉，白晃晃一片，看起來很刺眼。太武山像是更近了，看起來更高，山頂尖同樣罩著一層薄薄的白霧。烏龍發現窗子打開確實更熱，沒多久又把它搖起來。路邊有一塊看板，寫著潮州剩 22 公里。

板，寫講潮州閣存 22 公里。

「你會飫未？」烏龍閣問阿忠一擺：「咱咁卜先吃中晝？」

阿忠搖頭。伊函舵櫓岸按按，目睭直直，看頭前 e 路，歸個面拚衝汗。

「會嘴焦否？」

阿忠猶是搖頭。

「喂！兄弟，我看你即馬未輸一仙柴頭尪仔咧！緊張呢？你是底緊張啥？我正港想無。」

「X——我底駛車你咁未使卡恬咧？」

烏龍看伊雄雄大聲，驚一著。「好。我卡恬咧，我卡恬咧！歹啥？」伊用手踵頭仔給伊金色銀色 e 頭毛捋兩下。嘸過，伊並無真正恬去，伊繼續講：「若錢提著，我盈暗卜取［chhoa⁷］阮阿美仔去樂一下。」

「也無三先［sian²］。卜樂啥？」阿忠講。

「啥物底無三先？」烏龍坐直起來，講：「幾千箍仔嘸是錢喔？喂，我先給你品喔，我 e 額，你嘸通給我吞去，咱照品，七三分，你七我三，你是嘸通給我吞去我警告。」

「哼！這闌珊［lan-san］e，我給你吞卜代？」

「喂！」烏龍給阿忠 e 肩胛頭貼一下，講：「闌珊 e？阿忠哥哥，當時仔你氣口變加遮大我哪會嘸知——嘸對嘸對，我看，你是嘸是後悔啊？」

「我卜代要後悔？」阿忠講。

「無是上好。我先品代先喔！這是你家己卜 e 喔！」

「你會餓嗎？」烏龍再問阿忠一遍：「我們要不要先吃午飯？」

阿忠搖頭。他緊緊握著方向盤，目光直直地看著前頭的路，整張臉冒汗。

「會口渴嗎？」

阿忠還是搖頭。

「喂！兄弟，我看你現在就像一尊木偶咧！緊張啊？你在緊張什麼？我真是想不懂。」

「X——我在開車你能不能安靜點？」

烏龍看他突然地大嗓門，嚇一跳。「好。我安靜點，我安靜點！兇什麼？」他用手指頭把他金色銀色的頭髮梳兩下。不過，他並沒有真正安靜下來，他繼續說：「如果拿到錢，我晚上要帶我的阿美去樂樂。」

「又沒三毛錢，要樂啥？」阿忠說。

「什麼叫沒三毛錢？」烏龍坐直起來，說：「幾千塊不是錢喔？喂，我話說在前頭，我的份，你別給吞掉，我們照約定，七三分，你七我三，你是別給吞掉我警告。」

「哼！這點零錢，我吞掉幹什麼？」

「喂！」烏龍推一下阿忠的肩膀，說：「零錢？阿忠哥哥，什麼時候你口氣變得這麼大我都不知道——不對不對，我看，你是不是後悔了？」

「我幹嘛要後悔？」阿忠說。

「沒有是最好。我話說在前頭喔！這是你自己要的喔！」

「現在說這個幹嘛？」

「晉講這卜代?」

「當然要講喏!無,我泰嘸家己來道好?是你講恁老母滯院,無錢通注止痛藥仔,我嘸才會報你來。喂!你看我對你外好,閣給你教,閣放手予你做。三五千嘸是錢喔?你要感謝我呢!」

阿忠恬恬。目具物仔出現一台車。伊斟酌看鏡,只是一台發財仔車,無幾秒鐘,即台發財仔道給殷超過。阿忠閣 cham³ 一下油門,值嘴裏踅踅唸:「即台銅管仔,即台銅管仔——」

山愈來愈近。不時出現入山 e 小路,值白色空氣中親像卜融化 e 紅毛土電報柱,一列一列,沿路通位山裏去。突然間,一個戴瓜笠 e 歐里桑騎鐵馬,位路口一間厝後面闖出來。阿忠險險給撞落。伊緊踏擋。輪仔吱一聲,車停落來。即個歐里桑繼續騎,干那無看著殷。烏龍將窗仔絞落來,頭伸出去,大力操一聲;嘸過,歐里桑全款無聽著,巴達巴達已經騎夠對面。「即攏恁爸無閒,後擺閣拄著,恁爸嘸放你煞,絕對追去哩予你粗飽粗飽,死老歲仔!」烏龍講。伊一面給窗仔絞轉來。

阿忠用手婆將頭殼額仔 e 汗擦掉。車閣起磅。

「阿忠,咱坦白講,你會驚對否?」

「驚啥?」

「驚予人網去啊!」

「我若驚,我道未來。」

「咁安呢?你有想過否?」

「想過啥?」

「當然要說喏！不然，我怎麼不自己來就好？是你說你娘住院，沒錢打止痛藥，我才會通知你來。喂！你看我對你多好，還教你，放手讓你做。三五千塊不是錢喔？你要感謝我呢！」

阿忠無語。後視鏡出現一輛車。他仔細看著鏡子，只是一輛小發財車，沒幾秒鐘，這輛小發財就將他們超越。阿忠再踩一下油門，在嘴裏叨叨唸著：「這輛銅罐車，這輛銅罐車——」

山愈來愈近。不時出現入山的小路，在白色空氣中像是要融化的水泥路燈，一列一列，沿著路通往山裏去。突然間，一個戴斗笠的歐里桑騎腳踏車，從路口一間房子後面闖出來。阿忠險些給撞下去。他趕緊踩煞車。輪子吱一聲，車停下來。這個歐里桑繼續騎，彷彿沒看見他們。烏龍將窗子搖下來，頭伸出去，大力地操了一聲；不過，歐里桑同樣沒聽到，巴達巴達已經騎到對面。「這次你爸爸沒空，下次再遇到，你爸爸不放過你，絕對追上去給你一頓飽，死老頭！」烏龍說。他一面將窗子搖回來。

阿忠用手心將額頭的汗擦掉。車又起步。

「阿忠，我們坦白說，你會怕對不對？」

「怕什麼？」

「怕給人捕了啊！」

「我若怕，我就不會來。」

「可是這樣？你有想過嗎？」

「想過什麼？」

「以後的事啊！」

「什麼以後的事？現在都沒得想了，哪還能想以後的事？」

「以後e代誌啊！」

「啥物以後e代誌？晉都無通想啊，哪有通想以後e代誌？」

「我是講，若恁老母一日仔眞正──」

「會當莫講這否？」阿忠講。伊幹頭過來，目瞅給烏龍凝一下。

「好，好，咱莫講這。我拄才雄雄想著，若咱不幸眞正予電仔網去，啊恁老母誰卜──」

「X──你白目呢？你閣講，我道變面！」阿忠喝喊。伊e手打一下函舵櫓。

「好啦好啦！」烏龍皮皮[phi⁵]仔笑。「阿忠哥哥，我給你弄[lang⁷]e啦！我嘸對，你莫受氣，莫受氣乎──安啦，有我值咧，安啦！」

「足好耍呢？」阿忠猶底氣。

「無，無好耍，一點仔都無好耍！大人不計小人過乎──來，阿忠哥哥，薰吃一枝，莫遮氣啦！」

烏龍將薰拄過，替阿忠點火。阿忠閣看一擺目具物仔。

「未啦！靴電仔憨頭憨腦，未來啦！」烏龍家己點一枝薰，頭靠過車窗。「咻[hio³]！有影呢！今仔日山看起來有影加足懸。」

雖然即條台一線合太武山之間，全款有一片田園，嘸過，因爲接近主峰，巨大e山勢來夠殷e眼前。烏龍講：「好，我決定啊！錢掮著，我卜取阮阿美仔入山過一暝。」

阿忠無應伊。夯頭看一眼山尾溜。伊給烏龍講：「你咁知影，細漢，阮老母仔給我講，日頭是位即支山e尾溜出來？」

「我是說，如果你娘有一天眞的——」

「可以不說這個嗎？」阿忠說。他轉頭過來，瞪了烏龍一眼。

「好，好，我們不說這個。我剛才突然想到，如果我們不幸眞的被警察捕了，那你娘誰要——」

「X——你白目呢？你再說，我就翻臉！」阿忠喊道。他的手拍一下方向盤。

「好啦好啦！」烏龍裝瘋賣傻地笑著。「阿忠哥哥，我戲弄你的啦！我不對，你別生氣，你別生氣吧——安啦，有我在，安啦！」

「很好玩嗎？」阿忠還在氣。

「不好，不好玩，一點都不好玩！大人不計小人過啊——來，阿忠哥哥，抽根菸，別生氣啦！」

烏龍遞過菸，替阿忠點火。阿忠再看一次後視鏡。

「不會啦！那些警察呆頭呆腦，不會來啦！」烏龍自己點上一枝菸，頭抵著車窗。「是呀！眞的呢！今天山看起來眞的高多了。」

雖然這台一線和太武山之間，同樣有片田園，不過，因爲接近主峰，巨大的山勢來到他們眼前。烏龍說：「好，我決定了！錢拿到，我要帶我的阿美入山過一夜。」

阿忠沒回答。舉頭看一眼山頂尖。他告訴烏龍：「你知道嗎，小時候，我娘告訴我，太陽是從這座山的頂尖出來？」

「當然囉！太陽當然是這座山出來。現在這麼熱你看。」

「我是在說我——」

「當然喏！日頭當然是位即支山出來。晉熱加安呢你看。」

「我是底講阮──」

「喂！阿忠，頭前有一擔檳榔擔，你小停一下，我買一罐可樂，順續看即個妹妹有媠否──你愛啥？」

阿忠講伊無愛。車值透明玻璃ｅ檳榔擔頭前停落來。烏龍將窗仔絞落來，歕一個箍哨仔。撐懸ｅ檳榔擔內面，坐一個干擔穿一領粉紅仔色薄紗衫ｅ小姐，當趴值桌頂吃麵；伊聽著箍哨仔聲，頭夯起來。伊ｅ面抹白色ｅ厚粉。「先生，卜愛啥物？」

「一罐可樂。」

「一罐道好？」

「嗯！一罐道好。」

檳榔擔小姐將可樂提過來，烏龍提錢予伊，講：「媠姑娘仔，妳幾點下班？我來接妳。」

檳榔擔小姐笑笑仔講：「你？用即台喔？」

「無喏！當然嘛嘸是即台銅管仔。幾點，一句話，妳等我，我駛免櫓ｅ來。」

「嘿嘿，多謝喔！我家己有腳通行。」

阿忠值邊仔講：「好啊啦！」

烏龍給檳榔擔小姐揚手。車開始行。

「無阮阿美仔媠。」烏龍講。

「潮洲閣外遠？」阿忠問。

「卜夠啊！差不多閣五分鐘，夠萬丹差不多閣十五分，你無看路邊愈來愈濟厝。」

「喂！阿忠，前面有攤檳榔攤，你稍停一下，我買一罐可樂，順便看這個妹妹漂不漂亮——你要什麼？」

阿忠說他不要。車子在透明玻璃的檳榔攤前面停下來。烏龍將窗子打開，吹一個口哨。撐高的檳榔攤裏，坐一個只穿一領粉紅色薄紗衫的小姐，正趴在桌上吃麵；她聽到口哨聲，頭抬起來。她的臉上抹著白色的厚粉。「先生，要什麼？」

「一罐可樂。」

「一罐就好？」

「嗯！一罐就好。」

檳榔攤小姐將可樂拿過來，烏龍拿錢給她，說：「漂亮姑娘，妳幾點下班？我來接妳。」

檳榔攤小姐笑笑地說：「你？用這輛喔？」

「不是！當然不是這輛銅罐車。幾點，一句話，妳等我，我開 Benz 來。」

「嘿嘿，多謝喔！我自己有腳可以走。」

阿忠在旁邊說：「好了啦！」

烏龍向檳榔攤小姐揮手。車開始走。

「沒有我的阿美漂亮。」烏龍說。

「潮洲還有多遠？」阿忠問。

「快到了！差不多再五分鐘，到萬丹差不多再十五分，你沒看見路邊愈來愈多房子。」

「是不是要先和誰聯絡？」

「對啊，我竟忘了。我趕快打個電話給楊老闆。」

「是嘛是要先合誰聯絡？」

「對乎，我煞未記。我緊敲一個電話予楊老闆。」

烏龍位褲袋仔搕手機出來，敲電話予宰肉場 e 楊老闆。一起先，電話接通，伊笑笑，嘛過落尾，遂愈講愈大聲，最後合楊老闆嚷起來。

「……嘛免啊？你嘛免是安怎免先給我講一聲？喂喂喂！我卜夠位啊呢！……我睬睬你已經揣著零件，你講，即馬你卜安怎處理？……無法度收？你無法度收，啊阮手裏即台歹銅舊錫，嘛道駛來填[thiam³]埠？你生理做遮會起喔？……啥？佢在阮？我咧 X——」烏龍氣 phut phut 掛電話。

「你聽著啊乎？」

「嗯！」阿忠斡頭，問講：「晉卜安怎？」

「卜安怎？漏兄弟來啊，卜安怎？殷爸若無給伊修理一下，殷爸道嘛是烏龍！」

烏龍閣開始卜敲電話。

「等一下！啊即張車咧？」

「當然嘛捒咧！唔，無卜等電仔來掠喔？」

阿忠將車停值路邊一欉茄冬樹下腳。即兩個少年家仔位車裏出來，先是好禮仔行，行差不多一百公尺以後，道開始走起來。透中白晝 e 日頭真炎。阿忠閣一擺夯頭看正爿太武山 e 方向，太武山遠遠 e 山尾溜，有一緣白霧。阿忠斡頭轉來。殷愈走愈緊，歸身軀汗。殷 e 影，縮做腳底 e 兩個跳動 e 烏點，最後，值路尾蒸起來 e 熱氣之中，融化。

——2001/8/12 作

　　烏龍從口袋掏手機出來，打電話給車輛解體場的楊老闆。起先，電話接通，他笑著，不過後來，竟愈講愈大聲，最後和楊老闆嚷起來。

　　「……不必了？你不必了怎麼不先通知我一聲？喂喂喂！我快到了耶！……我管你已經找到零件，你說，現在你要怎麼處理？……沒辦法收？你沒辦法收，那我們手裏這輛破銅爛鐵，不就開去填水塘？你生意做得這麼囂張喔？……什麼？隨便我們？我咧X──」烏龍氣吁吁地掛電話。

　　「你聽到了吧？」

　　「嗯！」阿忠轉頭，問說：「現在怎麼辦？」

　　「怎麼辦？調兄弟來啊，怎麼辦？他爸爸如果不修理他，他爸爸就不是烏龍！」

　　烏龍又開始要打電話。

　　「等一下！那這輛車呢？」

　　「當然要丟著囉！唔，不然等警察來抓嗎？」

　　阿忠將車子停靠在路邊一棵茄冬樹下。這兩個青少年從車裏出來，先是慢慢地走，走差不多一百公尺以後，就開始跑起來。中午的陽光正烈。阿忠再一次舉頭看右邊太武山的方向，太武山遠遠的山頂尖，有一層白霧。阿忠轉頭回來。他們愈跑愈快，滿身是汗。他們的影子，縮成了腳底的兩個跳動的黑點，最後，在路尾蒸起來的熱氣之中，融化。

　　　　　　　　　　　　　　　　　　　　　　──2001/8/15 譯

［台語］

死 e 聲嗽

空氣內面有一陣歹鼻 e 煙硝味。

窗仔開咧，逐連一絲絲啊風都無。遐最後 e 彼束光線自窗仔台消失昏前，給歸塊玻璃抹作血紅，然後，閣用烏暗將伊擦掉。

伊行入來，我注意著伊 e 皮鞋，推[thui]甲烏滲滲閣金熾熾，不過，伊咯咯 e 腳步聲，輕輕渺渺，親像留值門外口足遠 e 所在全款。

我無給招呼，伊家己坐落膨椅內，腳蹺值茶桌頂頭。

「你等我真久啊 e 款？」伊開嘴，然後，自伊 e 褲袋仔撏[gim⁵]薰出來。我想無，是按怎伊 e 墨鏡猶嘸提落來？

「嗯！」我應一聲，看伊將薰點灼。就算講伊 e 面即陣是向我即爿，我也嘸知伊墨鏡後壁彼兩蕾目睭到底是底給我凝，抑是根本道無底看我？總講一句，我看未出伊 e 眼神。「先飲[lim]淡薄仔酒好啦。」我講。

伊若有若無點[tam³]一個頭。

打開玫瑰木 e 酒櫥，我提出上高級 e 彼矸 XO 葡萄酒，芳透透 e 葡萄色緻，值我疲疲搖 e 手裏搖來晃去。我閣提出兩個水晶酒甌仔 thin⁵ 酒，即時陣，逐想起阮囝仔時代。埤仔墘 e 大大蕾黃花，金爍爍 e 花瓣包著紅色火舌全款 e 花蕾，值日頭腳，曝加

[華語]

死的口吻

空氣裏有一陣難聞的煙硝味。

窗戶開著，卻是連一點風也沒有。最後的那束光線從窗台消失前，把整塊玻璃抹成血紅，然後，再用黑暗將之擦掉。

他走進來，我注意到他的皮鞋，擦拭得又黑又亮，不過，他咯咯的腳步聲，輕輕渺渺，就像停留在門外很遠的地方一般。

我沒招呼他，他自己坐進沙發裏，腳翹在茶几上。

「你等我很久了吧？」他開口，然後，從他的口袋裏掏出香菸來。我想不透，爲什麼他的墨鏡還不拿下來？

「嗯！」我應一聲，看他將菸點著。就算說他的臉這時是向著我的，我也搞不清他墨鏡後面那雙眼睛，到底是在瞪我呢，還是根本就沒看我？總說一句，我看不出他的眼神。「先喝點酒好啦。」我說。

他若有若無點了個頭。

打開玫瑰木的酒櫥，我拿出最高級的那瓶 XO 葡萄酒，香透的葡萄色彩，在我顫抖著的手裏搖來晃去。我又拿出兩個水晶酒杯盛酒，這時，竟想起我們的童年時代。水埠岸邊的大朵黃花，閃著金色的花瓣裏包裹著紅色火舌一般的花蕊，在太陽下，曬得彷彿要燒起來似的。颱風才過去，天空青色一片，幾百尾的大頭

干那卜燒起來。風颱才過，天頂青揚揚，幾百尾 e 大頭鰱擠值水閘邊 e 水筅仔欉內底，賁[phun²]來賁去。我合伊兩個人，一身潦入埤裏，雙手插落去掠魚，予迄大頭鰱賁加……

「你考慮了按怎？」伊將聲調壓低講。

「啥物考慮了按怎？」

「哼！你莫 tiN² 青。」伊夯頭，大大嘴將薰孚[phu⁷]出來。

「唉，你咁知影，我拄才想起咱作囡仔 e 時，潦值埤內底……」

「恬去！我今仔日來嘸是卜聽你講古 e。你聽予清楚，即擺理事長 e 競選，你上好是莫參加，抑若無者……」

我行過，將酒甌仔囥值伊 e 面頭前，續落店邊仔坐落。伊腳夯落來，將薰擱值薰盒仔，捧甌仔飲[lim]一嘴燒酒。伊梳一個海結仔頭，抹油，捋[loah]對後壁。即個面我熟甲有存，伊 e 目眉烏密，鼻骨懸督督。彼時，阮予一尾一尾大頭鰱賁加歸身軀全土，看著顧埤 e 歐里桑遠遠夯一枝柴箍，對埤仔墘 e 另外一頭走來。「喂！卜按怎？咱汕[soan]未赴啊！」我給問。「你哪會遮槌，參伊打啊！卜按怎？」伊講。

「嘿！阿狗你會記得否？」伊雄雄笑一聲。

「哪會未記得？殷厝卡早值恁兜隔壁，即馬搬去三欉榕迄。」我講，三欉榕下腳有一個老墓仔，彼時，阮囡仔捷捷值墓龜爬起爬落底蹉跎，「不過，足久無伊 e 消息啊。」

「哈，你當然嘛無伊 e 消息！」伊將薰搗化，閣笑一陣。彼款笑聲予人歸身軀起雞母皮。笑煞，伊閣講一擺：「你當然嘛無伊

鰱擠在水閘邊的布袋蓮叢裏，搦扭著舞躍著。我和他兩個人，一身子走進水埤，雙手伸進水裏抓魚，被大頭鰱搦打得⋯⋯

「你考慮得怎麼樣了？」他壓低聲調說。

「什麼考慮得怎麼樣？」

「哼！你別裝傻。」他舉頭，大口地把煙吹吐出來。

「唉，你知道嗎，我剛才想起我們的小時候，在水埤裏⋯⋯」

「住口！我今天來不是聽你講故事的。你聽清楚了，這次理事長的競選，你最好是別參加，要不然⋯⋯」

我走過去，將酒杯放在他的面前，之後在一旁坐下。他腳放下來，將菸擱在旁邊的煙灰缸，捧杯喝了口酒。他梳了個西裝頭，抹著油，梳向後面。這張臉我太熟了，他的眉毛又黑又密，鼻骨很高。當時，我們被一尾一尾大頭鰱搦打得全身是泥土，看見看埤的歐里桑遠遠拿了一根木棒，從埤岸邊的另外一頭跑來。「喂！要怎麼辦？我們逃不及了！」我問他。「你怎麼這麼笨，和他打啊！要怎麼辦？」他說。

「嘿！阿狗你記得嗎？」他突然笑一聲。

「怎麼不記得？他家以前在你家隔壁，現在搬到了三棵榕那兒。」我說，三棵榕下有一個老墳，那時，我們小孩子常常在墳土堆頂爬上爬下玩著呢，「不過，很久沒他的消息了。」

「哈，你當然沒他的消息咯！」他將菸熄了，又笑一陣。那樣子的笑聲讓人起雞皮疙瘩。笑過了，他又說一次：「你當然沒他的消息啦！」

當那個看埤的歐里桑走近時，我們憋氣，潛入了布袋蓮下。

e消息！」

　　值彼個顧埠e歐里桑走偎來e時，阮禁氣，潛入水笒欉下腳。歐里桑走到靴，一開始受氣加操誚誚誚嘗，不過，過一下仔了後，發現阮無動無靜，伊遂緊張起來。伊大聲喝：「囡仔！恁莫閣匿啊，會死啦！囡仔！」阮繼續匿值水底，無睬伊，予大頭鰱一直捅阮e身軀。續落，彼個顧埠e歐里桑驚加將柴箍摒[phiaN]咧，乍[choaN]嘛潦入來。阮差不多仝一個時間伸手去掠伊e腳，予伊道按呢哀叫一聲，跋落水底。

　　「聽你e口氣，你知影伊e下落？」我聽著家己e聲微微啊底顫。

　　「嘿嘿！我當然嘛嘸知。不過，我會凍給你講，伊彼暫綴值林董仔靴，林董仔舊年聽講嘛像你仝款，卜來搶理事長e位，結果遂……嘿嘿，當然，這是聽講，聽講你知乎？」伊講煞，幹頭過來，我感覺歸個腰脊骨冷起來。

　　「喔！」我啜一嘴燒酒。

　　彼個歐里桑，跋入水底了後，值水底一爿操誚，一爿喝救命。我看著伊，問講：「咱咁卜給救？」伊就是按呢笑：「哈！救啥？救伊起來掠咱嘸？」阮提著大頭鰱走e時，彼個顧埠e歐里桑猶閣值水裏直直賁……

　　「友仔，是你才講予你知呢，時代無仝啦！你無聽人講，未虐蟳，卜虐鱟，唉，愛會曉看辦勢。」

　　「恁劉董確實是一尾角色，」我講，「不過，你上好嘸通放袂記，當初時，包括伊在內，是啥人挺起e？」

歐里桑走到那兒，一開始生氣得大叫大罵，但過了一下子，發現我們沒動靜，他卻緊張起來了。他大喊：「孩子！你們別再躲了，會死的啊！孩子！」我們繼續躲在水底，沒理他，讓大頭鰱一直捅著我們的身軀。接著，那個看埤的歐里桑怕得將木棍丟下，竟也涉水進來了。我們差不多同時間伸手去抓住他的腳。他就這樣喊叫了一聲，跌落水裏。

「聽你的口氣，你知道他的下落？」我聽著自己的聲音微微顫著。

「嘿嘿！我當然不知道咯。不過，我可以告訴你，他那陣子跟在林董身邊，林董去年聽說也和你一樣，要來搶理事長的位子，結果卻⋯⋯嘿嘿，當然，這是聽說的，聽說你知道吧？」他說完，轉頭過來，我感覺整個腰椎冷了起來。

「喔！」我啜了一口酒。

那個歐里桑，跌入水裏之後，在水裏一面操罵著，一面喊著救命。我看著他，問道：「我們要救他嗎？」他就是這麼笑著：「哈！救啥？救他上來抓我們嗎？」我們提著大頭鰱走的時候，那個看埤的歐里桑還在水裏一直掙扎著⋯⋯

「朋友啊，是你才說的呢，時代不同啦！你沒聽人講過嗎，不欺蟳，要欺鱟，唉，要會看時勢。」

「你們劉董確實是一尾角色，」我說，「不過，你最好別忘記，當初，包括他在內，是誰挺上來的？」

「哈哈！這我當然是記得的，萬分的感謝。」

「你記得是最好，我們做人⋯⋯」

「哈哈！這我當然嘛是會記得，萬分e感謝。」

「你會記上好，咱做人……」

「唉咿！友仔，我拄才講，我嘸是卜來遮聽你講古e，更加嘸是卜來聽你講道，咁講你聽無？我來，干擔卜等你一句話。等你一句話，我就走！」

彼時，有黃色花瓣合紅色花舌e花蕾，開值整個埤垹、田垹，燒烘烘，若親像卜給歸個過去燒掉。我合伊值遐火焰內底走跳。

伊e酒甌仔空去，我問伊閣卜飲[lim]否，伊掊一個手。

我手伸入去衲袋仔，摸一下我新買e槍：「可惜你來傷慢，我已經答應人啊！」

「哼！」伊講：「友仔，到時陣莫怪我無情，我先給你講清楚。各人e公媽各人栽，我代替阮劉董來遮，就是卜寄話來，上好你是會曉看辦勢。阮劉董嘛講，伊卜聽看覓仔你開啥物條件，無定伊會當接受。」

「無條件。你給講，我無條件。我絕對參選到底。」

「咁講，完全攏無機會？」

「無機會。」

「若看值我即個老朋友一場咧？」

「老朋友？」我慢慢無閣驚伊。我喝講：「若是代念老朋友，你應該倒轉去勸恁劉董，請伊退出，嘸是來遮糟蹋我！」我看伊，伊e墨鏡後面，若像熾一下光。

伊哈一個唏：「喂，你嘛卡差不多咧！嘴箍誠硬呢！你閣會

「唉咿！朋友啊，我剛才講說，我不是來這裏聽你說故事的，更不是要聽你講道理，難道你不懂嗎？我來，只是要等你的一句話。等你一句話，我就走！」

彼時，有著黃色花瓣和紅色花蕊的花朵，開在整個水埤岸邊、田邊，一片熱烘烘的，像是要把整個過往的時光燒掉。我和他在那火焰裏跑著跳著。

他的酒杯空了，我問他是不是要再一杯，他揮揮手。

我將手伸進去褲袋，摸了一下我新買的槍：「可惜你來太晚，我已經答應人啦！」

「哼！」他說：「朋友啊，到時候，別怪我無情，我先說清楚。各自的祖先各自拜，我代替我們劉董來這兒，就是要寄個話來，最好你是能看著辦。我們劉董也說，他想聽看你開啥條件，說不定他會接受。」

「無條件。你告訴他，我無條件。我絕對參選到底。」

「難道，完全都沒機會？」

「沒機會。」

「若看在我這個老朋友一場呢？」

「老朋友？」我慢慢地不再怕他了。我喊道：「若是看在老朋友一場，你應該回去勸你們劉董，請他退出，不是來這兒糟蹋我！」我看著他，他的墨鏡後面，彷彿閃過一道光茫。

他打了個哈欠說：「喂，你也差不多一點！嘴真硬呢！你還記得上次縱貫路的事吧？想想看，自從那次漏氣以後，誰還信你呢？喂！那是我為你善後的呢！現在，我們整條縱貫路都知道，

記頂擺縱貫路 e 代誌乎？想看覓，自從彼擺漏氣了後，誰閣信你？喂！還是我給你安搭 e 呢！即馬，咱歸條縱貫路攏嘛知影，你干擔是一個卒仔！」講煞，伊將桌仔大大力宕 [tng³] 落，「我隨時會當予你西呦那啦！」閣來，伊對褲袋仔搵第二枝薰出來，咬值嘴裏，又閣嘿嘿笑兩聲。我瞭解，還完全是藐視 e 笑聲。

我無講話，干擔用目睭給凝。「彼時，無嚇著，值火焰 e 過去，你一直是一個氣魄 e 查甫子，」我徛起來，慢慢行去伊 e 身邊，給伊幔咧。續落，我對衲袋仔捎 [sa] 槍出來拄值伊 e 頭殼額。我給講：「不過，你莫嚇 [haN²] 我，你，我嘛要予你知影我是啥物人物。我會當挺恁徛起，就會當揪恁跋落，知否？」

伊予我 e 槍拄咧，遂看起來一點啊都袂驚惶。甚至，伊對另外一爿褲袋仔搵鍊呀 [lai²-tah] 出來，鏗一聲將蓋打開，若親像一點仔都無將我囥值眼內。伊點火，pok 薰，而且，腳又閣伸去攞值桌仔頂，晃咧晃咧。然後，伊給鍊呀 e 蓋嵌 [kham³] 咧，囥入褲袋仔。「有話好好仔講嘛，友仔！」伊即瞬才幹頭看我，用手輕輕仔給我 e 槍揀 [sak] 開，對著槍管孚 [phu⁷] 一喙薰：「咁講，你猶未鼻著還味呢？」

我一時捎無伊 e 靠身。

他唏哼兩聲，安呢徛起來，對著我講：「你咁遮緊就放袂記啊？唉……不過今仔日，我話講夠遮就好，嘸管你 e 意思啥款，我攏要告辭啦！」講煞，他咳一聲，順一下仔伊 e 嚨喉。

對伊即款無要無緊 e 態度我氣甲疲疲搐：伊 e 眼內咁眞正一點仔都無我 e 存在？好啊，我閣一擺夯槍給拄咧：「你給我擋

你不過是個卒子！」講完，他猛力地敲了一下桌子，「我隨時可讓你說再見！」接下來，他從褲袋裏掏了第二根香菸出來，咬在嘴裏，又嘿嘿笑了兩聲。我瞭解，那完全是藐視的笑聲。

我沒講話，只是用眼睛瞪他。「彼時，沒錯，在火焰的過去，你一直是個帶氣魄的男兒，」我站起來，慢慢走到他的身邊，搭著他的肩。然後，我從口袋裏拔槍出來抵在他的頭上。我告訴他：「不過，你別恐嚇我，你，我也得要讓你知道我是個啥麼人物。我可以挺你們上來，就可以揪你們跌倒的，知道嗎？」

他被我的槍抵著，看起來卻一點也不驚惶。甚至，他從另外一邊褲袋拿出了打火機，鏗一聲將蓋子打開，像是一點都不把我放在眼裏。他點上火，抽著菸，而且，腳又伸到了桌上，晃著晃著。然後，他蓋上打火機，放回褲袋。「有話好好說嘛，朋友啊！」他這下子才轉頭看我，手輕輕地把我的槍推開，對著槍管吐了口煙：「難道，你還沒聞到那味道嗎？」

我一時搞不清他說什麼。

他哼了兩聲，便這麼站起來，對我說：「你難道這麼快就忘了嗎？唉……不過今天，我話講到此就好，不管你的意下如何，我都得告辭啦！」講完，他咳一聲，順了順他的喉嚨。

對他這般無關緊要的態度，我氣得全身顫抖：他的眼裏難道一點都沒有我的存在？好啊，我再一次用槍抵著他：「你給我站住！」我喊著：「你別以為我不敢開槍！」其實我的手抖得厲害。

「哼！」他從喉嚨底部發出聲，依然是把我的槍推開，繼續走他的路。他又丟了句話給我：「好！我等你開槍！」

唎！」我喝：「你莫叫是我嘸敢給你碰[phong⁷]！」其實，我 e 手
摸加足厲害。

「哼！」伊對嚨喉底出聲，猶原是給我 e 槍搭開，續落逐做伊
行。伊閣揮一句話予我：「好！我等你碰！」

伊一步一步行向門口，我 e 槍即時相準伊 e 尻脊骿；嘸知是
怎樣，囡仔時代，顧埠 e 歐里桑，跋落值埠裏責 e 形影，逐閣浮
現值我 e 面頭前。彼個歐里桑，愈責愈細力，愈喝愈無聲……即
瞬遂合伊 e 腳脊骿歸個疊做夥。

將門打開了後，伊行出去。

我無開槍。

伊行入去值夜幕之中，行出門，最後一擺幹身看我。伊看著
我慢慢將槍囥落來，然後，阮自安呢徛對看，直直到伊開嘴：

「即馬你知影，卜碰死家己 e 朋友，原仔嘸是簡單 e 代誌
乎？」伊將伊 e 墨鏡提落來。我發現伊 e 目睭仁發光，若像是射
出來兩枝青色 e 箭，而且，目睭仁四周圍有干那蜘蛛網全款 e 血
絲牽纏。「多謝你 e 燒酒。」伊講。

即瞬，我才感覺著我 e 頭殼額仔，有一絲仔 e 熱流滲落來。

我看著伊對烏夜中消失 e 時，我 e 手嘛消失去，偃頭看，我
e 腳嘛消失，續落，是我 e 胸崁……

我才想起著伊入門晉前彼陣煙硝味。我感覺恐怖。

一切攏消失去，閣來，除了烏色 e 空虛，我啥物攏看未著，
干擔聽著伊咯咯 e 腳步聲，輕輕渺渺，愈來愈遠……

　　　　　　　　　　　　　　　　　　　　——2000/10 初稿

　　　　　　　　　　　　　　　　　　　　2004/10 定稿

　　他一步步走向門口，我的槍此刻瞄準了他的背影；不知道爲什麼，孩童時代，看埤的歐里桑跌進水埤裏掙扎的樣子，竟又浮現在我的面前。那個歐里桑，愈掙扎愈沒了力氣，愈喊叫愈沒了聲音……這一瞬間竟和他的背影整個疊在一起。

　　把門打開之後，他走出去。

　　我沒開槍。

　　他走進了夜幕，走出門外，最後一次轉身看我。他看著我慢慢將槍放下，然後，我們就這麼對望著，直到他開口：

　　「現在你知道，要打死自己的朋友，原來也不是件簡單的事吧？」他將他的墨鏡拿下來。我發現他的眼瞳閃著光茫，好像是射出來的兩枝青色的箭，而且，眼瞳四周有彷若蜘蛛網般的血絲纏繞著。「多謝你的燒酒。」他說。

　　這下子，我才感覺到我的額頭，有一絲熱流滲落下來。

　　我望著他在夜色中消失的時候，我的手也消失了，低頭看，我的腳也消失了，接下來，是我的胸膛……

　　我這才想起他進門前的那道煙硝味。我感覺恐怖。

　　一切都消失了，再下來，除了黑色的空虛，我什麼都看不到了，只聽見他咯咯的腳步聲，輕輕渺渺，愈來愈遠……

——2004/10 翻譯

[台語]

茄仔色 e 金龜

　　兩齒章仔無閣參我講過一句話。

　　下班 e 時，日頭猶赤焰焰掛值隔壁彼棟大樓 e 天線頂頭，五月 e 黃昏，港市 e 海風恬 chi chi。日光位兩棟樓仔 e 空縫趄趄[chhu chhu]照落來，拄好照值十字路口，來來去去拖長 e 人影映值頂頭，隨著熱汽騰騰，搖搖擺擺，若像卜[beh]溶化值這寂靜 e 熱天內底全款。我 e 車停值彼條街 e 幹角，早起來 e 時無注意著，卡早嘛嘸捌注意過，不過即陣行到靴，腳踏著一簇位樹頂落落[lak loh]來 e 焦葉 piak piak 叫，給夯頭看，才雄雄發現車邊是一欉菩提樹。黃昏 e 光線照落，伊 e 葉仔一半變做透明，親像心形 e 翠玉，深色 e 葉脈干若是玉仔內底 e 血管；嘸若安呢，我閣看見其中幾葉，有金龜爬起爬落。

　　我坐入來車底，發車，油門踏落，車開始行，但是菩提樹合金龜仔 e 形體竟然猶留值我 e 頭殼，而且，閣愈來愈清楚；漸漸，我給囡仔時代 e 一件代誌完全回想起來。

　　細漢 e 時，阮兜門腳口嘛有一欉菩提樹，全款 e 季節，樹尾攏是這種金龜，歸欉樹攏是。殼 e 身軀是烏色 e，殼頂頭若舖有金粉，黃昏 e 日頭下腳反射光線親像光 e 影跡，值樹椏[ue]之間 iah iah 飛。歸欉樹攏底發光。

[華語]

茄子色的金龜

　　兩齒章仔沒再和我講過一句話。

下班時，太陽仍猛烈地掛在隔壁那棟大樓的天線上，五月的黃昏，港市的海風恬靜無比。陽光從兩棟樓間的縫隙斜斜落下，正好落在十字路口，來來往往拖長的人影映在上頭，隨著熱汽騰騰，搖搖擺擺地，像是要溶化在這寂靜的夏天裏似的。我的車停在那條街的轉角，早上來的時候沒注意到，以前也不曾注意過，不過這次走到那兒，腳下踏著了一簇從樹上掉落的枯葉啪啪叫著，舉頭看，才突然發現車旁是一棵菩提樹。黃昏的光線照射下來，它的葉子一半變成了透明，像是心形的翠玉般，深色的葉脈好似玉石裏的血管；不只這樣，我還看見其中幾葉，有金龜子爬上爬下。

　　我坐進車內，起動，油門踩下，車開始走，但是菩提樹和金龜子的模樣竟然還停留在我的腦海，而且，愈來愈清晰；漸漸地，我將孩童時代的一件事完全地回想起來了。

　　小時候，我們家門口也有一棵菩提樹，同樣的季節，樹梢都是這種金龜子，整棵樹都是。牠們的身軀是黑色的，殼上頭彷若舖有金粉，黃昏的陽光下反射光線就像光的影跡，在樹椏之間飛舞著。整棵樹閃爍著光茫。

　　彼段日子，即攕會發光 e 菩提樹就是我合章仔放學了蹉跎 e 所在。章仔滯值庄仔頭，減我一歲，我讀國校四年，伊三年。伊生著細粒籽仔細粒籽，烏 mi² mah，不過目睭仁清瑠瑠；我猶會記得伊值學校行路合人相撞，門牙撞斷兩齒存兩齒，合布袋戲內底彼個兩齒全款，所以我攏安呢喝伊。伊綴[toe³]我蹉跎，攏叫我「大仔」。

　　即馬想起來有淡薄仔見笑。彼時陣，阮兜是地主，『兩齒 e』e 老爸給阮租田做，可能是安呢予我有一種懸伊一等 e 心理，常在糟蹋伊。譬如講，有樣仔攕閣粗閣 lo³，我叫伊吸起哩挽樣仔落來予我 sut，逐擺，攏是我店樹腳顧。伊若問講：「大仔，是安怎即擺，嘸是換你吸起哩挽落來予我 sut？」我就給嚇：「你若嘸起哩，今仔日莫囂想卜來阮兜看電視！」伊聽著安呢，只好鼻仔摸咧照做。

　　我無啥會曉爬樹仔，『兩齒 e』e 爬樹仔功夫一流。

　　彼日放學了，轉來阮兜，我位冰箱揹一塊西瓜請伊。「大仔，這西瓜足貴乎？」「囉唆啊，食就著。等一下，西瓜皮莫揮。」

　　嘴掊掊擦擦咧，阮手提西瓜皮來到菩提樹腳，伊就瞭解返是卜飼金龜用 e。一句話都無講，伊爬起哩掠，一隻一隻掠落來予我。我給金龜囥值西瓜皮面頂，看殷值頂懸趖[so⁵]來趖去。『兩齒 e』幹頭：「大仔，閣要幾隻？我腳手痠加呢！」我給喝：「即馬有 23 隻，閣 27 隻道好。」伊喔一聲。

　　我入去厝裏，給我媽媽討繡花線提出來。我將線挫一截一

那段日子，這棵會發光的菩提樹就是我和章仔放學後玩耍的地方。章仔住在庄仔頭，少我一歲，我讀國小四年級，他三年級。他長得瘦小，黑嚕嚕的，不過眼瞳清澈；我還記得他在學校走路和人撞上了，門牙撞斷了兩顆剩下兩顆，和布袋戲裏的那個兩齒一樣，所以我都這麼喊他。他跟著我玩，都叫我「大仔」。

現在想起來有點慚愧。那時候，我家是地主，兩齒的老爸佃耕我們的田，可能是這樣讓我有種高他一等的心理，時常捉弄他。譬如說，有芒果樹又粗又高，我叫他攀上去摘芒果來給我吃，每次，都是我在樹下看著。他若問：「大仔，為什麼這次，不是換你攀上去摘下來給我吃？」我就恐嚇他：「你若不上去，今天別貪想來我家看電視！」他聽見這樣，只好咬著牙照做了。

我不太會爬樹，兩齒仔爬樹功夫一流。

那天放學後，回到我家，我從冰箱拿了塊西瓜請他。「大仔，這西瓜很貴吧？」「少囉唆，吃就是。等一下，西瓜皮別丟。」

嘴擦一擦，我們手拿著西瓜皮來到菩提樹下，他瞭解了那是要養金龜用的。一句話都沒講，他爬上去抓，一隻一隻抓下來給我。我把金龜放在西瓜皮上，看牠們在上頭慢慢爬來爬去。兩齒仔轉頭：「大仔，還要幾隻？我的手腳痠得很呢！」我喊道：「現在有 23 隻，再 27 隻就好。」他喔一聲。

我進屋裏，向我媽媽要了繡花線拿出來。我將線扯成了一截一截，綁在金龜的腳上，一頭用手扯著，一頭讓牠們繞著圈子飛。牠們嗡嗡嗡一直飛，累了，想要飛回西瓜皮上停歇，我就扯

截，綁值金龜e腳，一頭手揪咧，一頭予殷踅圓箍仔飛。殷嗡嗡嗡 khook khook 飛，忝啊，想卜歇轉去西瓜皮頂面，我就給殷揪起來，予殷繼續飛、繼續踅，一直到殷完全無半滴力，摔值土腳為止。我給殷 khioh 起來，閣大大力摔一擺，予殷碎做若路糊仔糜，才放殷煞。『兩齒e』爬起爬落，嘴內底算，15、16、17……

漸漸日頭斜西，沉入去山後，厝對面e山e暗影，一時間 theh 落來，厝家鳥仔值坽簝腳若叫若跳，菩提樹綴咧暗去，無閣發光。

忽然間『兩齒e』值樹尾喝一聲「大仔！」跳落來：「你看！」伊手伸過來。

「遐[he]是啥？」濛濛e天色，我看無清楚。

伊e手閣拄偎來：「你無看？是一隻茄仔色e金龜呢！」

我斟酌看，伊e手裏確實是一隻茄仔色e金龜。伊e殼金熾熾，若像一面水晶鏡，鏡頂頭閣有我合『兩齒e』e影晃[haiN²]來晃去，實在有夠嬌。而且我閣注意著伊e頭底振動，一下仔 phiak 起哩一下仔 phiak 落來，發出叩叩叩e聲，卡早嘸捌看。

「我看覓咧。」我手伸過卜給拎[gim⁵]。

不過，即個時陣，『兩齒e』e手逐縮[kiu]轉去。

「你是安怎？」我給問。

伊講：「大仔，靴攏予你，即隻我卜。」伊規個手蹄 lak⁸ 起來。

著牠們，讓牠們繼續飛、繼續繞，一直到牠們完全沒半點力，摔在地上為止。我撿起牠們，再猛力摔一次，讓牠們碎成了彷彿爛泥巴，才饒了牠們。兩齒仔爬上爬下，嘴裏算著，15、16、17……

漸漸地太陽斜向西邊，沉落山後，屋子對面的山的暗影，突然間倚落下來，家雀在屋簷下邊叫邊跳著，菩提樹跟著暗了，不再發出光。

忽然間兩齒仔在樹梢喊了一聲「大仔！」跳下來：「你看！」他將手伸過來。

「那是啥？」濛濛的天色，我看不清楚。

他的手再次伸近：「你沒看到嗎？是一隻茄子色的金龜呢！」

我仔細地看，他的手裏確實是一隻茄子色的金龜。牠的殼亮閃閃的，像是一面水晶鏡子，鏡子上還有我和兩齒的影子晃來晃去，實在很漂亮。而且我也注意到牠的頭在振動，一會兒彈上一會兒彈下，發出叩叩叩的聲音，從前不曾見過。

「我看看。」我手伸過去要捉。

不過，這時候，兩齒仔的手卻縮回去。

「你是怎樣？」我問他。

他說：「大仔，那些都給你，這隻我要。」他整隻手握了起來。

「你再說一次。」

「這隻我要。」

那時候我真氣，再次使用了過去的招數嚇他：「你晚上別來

「你閣講一擺。」

「即隻我卜。」

彼時我眞凝，又閣用過去彼步給嚇：「你盈暗莫來看電視。你卜予我否？」

伊晃頭，手 lak⁸ 愈按［an⁵］。

「好！你嘸予我，你盈暗就莫來看電視，明仔載莫來，後日嘛莫來，你永遠攏莫閣來。你嘛莫來阮兜食西瓜，有啥物好空 e 我嘛嘸分你。」

伊閣晃頭：「大仔，你莫安呢，我干擔卜即隻。」

「無可能，你要予我。」

「咁一定要予你？」伊強卜哭出來。

「一定要。無安呢啦！換頭前靴 e 金龜予你，即隻予我就好。」

伊偃頭，看晉前掠著 e 金龜值西瓜皮頂頭爬，閣有一四界若肉醬 e 蟲 e 屍體。伊看我，清瑠瑠 e 目睭反紅，目箍撮咧撮咧，親像卜哮。不過伊無閣晃頭。

伊手伸過來，手蹄仔 thi² 開。

「有夠嬌 e 金龜。」我給拎起來，心肝頭 e 氣猶未齊消。我講：「有夠嬌，可惜今仔日你落值我 e 手頭，你嘛是要飛。」

我偃落卜給伊 e 腳綁繡花線。

『兩齒 e』給我 e 手骨揪咧：「莫啦！大仔，即隻你莫予飛啦！」

「我偏偏卜，你是卜安怎？」我將伊 e 手掊開。

看電視。你要不要給我？」

他搖著頭，手握得更緊了。

「好！你不給我，你晚上就別來看電視，明天別來，後天也別來，你永遠都別再來。你也不要來我家吃西瓜，有什麼好東西我也不分給你。」

他又搖頭：「大仔，你不要這樣，我只要這一隻。」

「不可能，你要給我。」

「一定要給你嗎？」他快要哭出來。

「一定要的。不然這樣啦！換成先前的那些金龜子給你，這隻給我就好。」

他低著頭，看先前捉到的金龜在西瓜皮上頭爬，還有到處像是肉醬般的蟲屍。他看著我，清澈的眼睛泛紅，眼眶扯動著，像是要哭了。不過他不再搖頭了。

他伸過手來，手掌張開。

「好漂亮的金龜。」我將之捉起，心頭的氣還沒全消。我說：「有夠漂亮，可惜今天你落在我的手上，你還是要飛。」

我彎下身要把牠的腳綁上繡花線。

兩齒仔拉著我的手：「不要啦！大仔，這隻你不要讓牠飛啦！」

「我偏偏要，你想怎樣？」我將他的手推開。

線綁好了，那隻金龜，頭叩叩兩聲，開始被我扯著飛。濛濛的天色愈來愈暗，牠茄子色的影跡，也愈來愈暗。庄仔頭的路燈慢慢亮起來。

線綁好，彼隻龜仔，頭叩叩兩聲，開始予我挲咧飛。濛濛 e
天色愈來愈暗，伊茄仔色 e 影跡，嘛愈來愈暗。庄仔頭 e 路燈火
慢慢灼起來。

『兩齒 e』無閣出聲，恬恬坐值樹腳，腳脊骿 theh 咧，目屎
卜輦落來。

茄仔色 e 金龜飛加無力啊，摔值土腳兜，我全款給 khioh
起來，予繼續飛；一擺、兩擺、三擺、四擺，到伊完全未振未
動。

「大仔，伊已經未使啊，予歇一下好否？」『兩齒 e』細聲講。

「咁安呢？遮緊就未使啊？」我笑一聲：「猶未戲哼著 e 咧！」
我給彼隻金龜閣捙上天，不過伊 e 翅仔連展都無展，道摔落來，
頭叩叩兩聲。「你看，伊 e 頭猶會叩咧！」

『兩齒 e』即時雄雄嚷起來，喝聲：「你還我！」伊卜搶土腳彼
隻金龜，不過，我腳手愈緊，給挨倒。伊即馬倒值土腳，目睭給
我凝。

「你看予斟酌，好戲 tann⁵ 卜搬。」

續落，我用倒手給金龜掠咧，正手給伊 e 腳一枝一枝挽落
來。彼隻茄仔色 e 金龜，頭愈叩愈緊，翅仔展開，開始黃。「頭
仔叫你飛，你嘸飛。晉你免想卜飛啊！」我一爿講，一爿聽見『兩
齒 e』開始值邊仔 chhng²。我無睬伊，繼續做我 e 屠殺 e 空課。
『兩齒 e』愈 chhng² 愈大聲。

我給金龜 e 兩塊茄仔色 e 殼挽落來，合伊 e 翅仔，閣來，是
伊 e 頭；彼粒金龜仔頭值挽落來晉前，猶 phiak 咧 phiak 咧，

兩齒仔不再出聲，靜靜坐在樹下，背倚著，眼淚就要掉下來。

茄子色的金龜飛到沒力氣了，摔在地上，我一樣撿起來，讓牠繼續飛；一次、兩次、三次、四次，直到牠完全不能動彈。

「大仔，牠已經不行了，讓牠休息一下好不好？」兩齒仔小聲地說道。

「這樣嗎？這麼快就不行了啊？」我笑一聲：「還沒怎麼玩到呢！」我將那金龜又丟上天，不過牠的翅再不展開了，就摔下來，頭叩叩兩聲。「你看，牠的頭還會叩呢！」

兩齒仔這時突然嚷起來，大喊：「你還我！」他要搶地上那隻金龜，不過，我手腳更快，把他推倒。他現在倒在地上，眼睛瞪著我。

「你看仔細了，好戲才要上演。」

接著，我用左手捉住金龜，右手把牠的腳一一地拔下來。那隻茄子色的金龜，頭愈叩愈快，展翅，開始掙扎。「剛才叫你飛，你不飛。現在你別想要飛了！」我一面講，一面聽見兩齒仔開始在旁邊啜泣。我不理他，繼續進行我的屠殺工作。兩齒仔愈哭愈大聲。

我拔下了金龜的兩片茄子色的殼，和牠的翅，再來，是牠的頭；那顆金龜頭在被拔下來之前，還彈跳著彈跳著，叩叩叩地叫著。最後，我把牠軟綿綿的肚子丟在地上。

這時候，兩齒仔蹲在樹下，已經哭得很大聲。

「好了啦！你不要再哭，戲演完啦！」我用腳把那隻金龜剩下

叩叩叩底叫。落尾，我給伊軟 sim³ sim³ e 腹肚捭值土腳。

即時陣，『兩齒 e』踞值樹腳，已經哮加足大聲。

「好啊！你莫閣哮，戲搬煞啊！」我用腳給彼隻金龜存落來 e 腹肚 joe⁵ joe⁵ 咧，行過卜給『兩齒 e』牽：「行，咱入去看電視。」

伊遂嘸予我牽，目屎擦咧，家己徛起來。

「啥人稀罕你 e 電視！」伊目睭圓貢貢，手給我指咧嚷：「你是變態！大變態！」

幹咧伊走轉去殷厝。

自安呢，兩齒章仔無閣參我講過一句話。

——2000/11/16 *初稿*
2004/10/9 *定稿*

來的肚子踩碎，走過去要牽起兩齒仔：「走，我們進去看電視。」

他竟不讓我牽，眼淚擦掉，自己站起來。

「誰稀罕你的電視！」他的眼睛圓滾滾的，手指著我嚷道：「你是變態！大變態！」

扭過身之後，他走回了他的家。

就這樣，兩齒章仔沒再和我講過一句話。

—— 2004/10/9 譯

[台語]

一條手巾仔 e 故事

　　熱天 e 旗後半島,是查某囡仔阿玲 e 童年。

　　渡船場頭前,媽祖廟香火裊裊,三百外多歷史 e 廟邊,巷仔彎彎曲曲,是旗後 e 開埠地。卡早靴是米街,南北雜貨嘛值靴吆喝拍賣,人聲雜沓;嘸過,來夠即馬,靴無閣鬧熱,只存有當時仔行過 e 離落 e 腳步聲,以及海港流湧 e 回聲值老古石疊起來 e 樓厝之間轉踅。

　　彼條巷仔親像是銀霧 e 溪水,載著記智 e 葉,慢慢仔流遠去。

　　查某囡仔阿玲殷兜值靴。

　　即日透早,阿玲值渡船頭第一班火船 e 普普普普馬達聲裏精神。她坐起來。身軀邊,她 e 阿姊合小妹閣底睏,不過,爸爸媽媽 e 眠床位空空。她目睭擂擂咧,給阿姊 sak 一下。

　　「姊……姊……」

　　阿姊睏當落眠,無睬她。樓腳巷仔尾有一台烏篤拜發動,啪啦啪啦。

　　「姊!」阿玲用手踵頭仔給阿姊 e 腳脊骿大力拄一下:「媽媽咧?」

　　「喔!」阿姊唉一聲「會痛呢!」她反[peng²]一個身,目睭

［華語］

一條手巾的故事

夏天的旗後半島，是小女孩阿玲的童年。

渡船場前，媽祖廟香火裊裊，三百多年歷史的廟旁，巷子彎彎曲曲，是旗後的開埠地。較早那兒是米街，南北雜貨也在此吆喝拍賣，人聲雜遝；不過，到了現在，那裏不再熱鬧了，只剩偶爾走過的零散的腳步聲，以及海港浪潮的回聲在老古石疊起來的樓厝之間蜇繞。

那巷子就像是銀色霧般的溪水，載著記憶的葉子，慢慢地漂遠了。

小女孩阿玲的家在那兒。

這天一大早，阿玲在渡船頭第一班火船的普普普普馬達聲裏清醒過來。她坐起來。身旁，她姊姊和妹妹還在睡著，不過，爸爸媽媽的床位是空的。她揉揉眼睛，推了姊姊一下。

「姊……姊……」

姊姊睡得正熟，沒理她。樓下巷子底有一輛摩托車發動了，啪啦啪啦。

「姊！」阿玲用手指頭使力地戳了姊姊的背脊：「媽媽咧？」

「喔！」阿姊唉一聲「會痛呢！」她翻了個身，睡眼惺忪。

「媽媽咧？」

sa-bui sa-bui。

「媽媽咧？」

「唔……妳無聽著她值樓腳煮飯呢？」

「無啦，我無聽著啦！姊，媽媽是不是已經去上班啊？我有聽著烏篤拜 e 聲呢！」

「猶未啦！妳莫緊張好否？等一下她會起來款咱去讀册。」

「讀册喔……」

　　　※　　　　※　　　　※

　　阿玲讀幼稚園大班。幼稚園值 e 海埓仔，造船所閣卡過 e 一個偏僻 e 所在。「是天主辦 e ──」大箍修女安呢講。大箍修女是一個阿督仔，穿一軀[su]烏衫，白色 e 頭巾值日頭腳發光，親像一頂日光編出來 e 帽仔，胸坎晉前，是一條銀色 e 十字 phoa² 鏈。她 e 面白拋拋[phau]，掛一副大副 e 烏框目鏡，見人就笑。平常時，修女值教室後壁 e 灶腳替學生囡仔作點心，卡閒 e 時就四界拚掃，給教室、教堂、花園合草埔仔整理加清氣瑞瑞。夠下課，一群囡仔位教室嘻嘻譁譁闖出來，值草埔頂走相 jiok，無道值一粒五彩地球 e 腹內外爬起爬落、跙圓箍。干擔阿玲一個人恬恬趴[phak]值大門 e 欄杆。

　　欄杆外面，隔一條路道是砂埔合海水。海眞闊，等待入港 e 船隻，靜靜浮值海平線。日頭赤炎，青色 e 海湧頂頭，白霧 e 浪花一排一排，連鞭懸，連鞭低，一步一步來夠沙埔，嘩嘩嘩，打

「唔……妳沒聽見她在樓下煮飯嗎？」

「沒啦，我沒聽見啦！姊，媽媽是不是已經去上班了？我有聽見摩托車的聲音呢！」

「還沒啦！妳不要緊張好不好？等一下她會上來打點我們上學。」

「上學喔……」

※　　　※　　　※

阿玲讀幼稚園大班。幼稚園在海邊，在造船場過去一點的一個偏僻的地方。「是天主辦的——」胖修女這麼說。胖修女是一個外國人，穿一身黑衣，白色的頭巾在太陽下發光，像是一頂日光編出來的帽子，胸前，是一條銀色的十字項鍊。她的臉白皙皙的，掛了一副大的黑框眼鏡，見了人就笑。平常時候，修女在教室後的廚房替學生們作點心，較有空的時候就四處打掃，把教室、教堂、花園及草地整理得乾乾淨淨。到了下課，一群孩子從教室嘻嘻譁譁奔跑出來，在草地上追逐著，要不就在一個五彩地球的裏裏外外爬上爬下、轉圈子。只有阿玲一個人靜靜趴在大門的欄杆上。

欄杆外面，隔一條路就是沙灘和海水。海真遼闊，等待進港的船隻，靜靜浮在海平面上。陽光烈艷，青色的海浪上，白色如霧的浪花一排一排，一下子高，一下子低，一步一步來到沙灘，嘩嘩嘩，打散了，就像是絲綢的扇子，一道展開，眨眼又被海砂

散去，親像絲綢 e 葵扇，做伙展開，一目睨，閣予海砂吸 [khip]無去。

「阿玲，那嘸去蹉跎？」

「修女。天頂是安怎遮呢白？」

「憨囡仔。」

「修女，我想卜轉去。」

「阿玲，妳想厝喔！」修女挲[so]她 e 頭，踞值她身邊，用嘴 phoe² 給阿玲 e 嘴 phoe² 貼咧。

「修女，我想媽媽，我卜轉去，修女！」阿玲 e 目屎來夠目墘。

火船 e 聲「pouN——pouN——」位港口彼丬傳來。

※　　　※　　　　※

放學 e 時，阿玲合阿如行做伙。「我給妳講喔，今仔日，阮媽媽會買一條手巾仔予我喔！」。殷順著海岸即條路行，手牽手。值殷 e 身邊，日頭將天頂 e 薄雲染做柑仔色。阿玲 e 嘴角浮出笑容：「是新 e 喔！頂頭閣有米老鼠，有遮大隻喔——」她將雙手 e 手婆箍一個圓。

「真 e 喔？」阿如講。

「嗯！阮媽媽未騙我。我 e 一定比阮姊姊 e 卡大隻。」

阿玲講：「一定 e，阮媽媽會買予我。她知影我上甲意米老鼠。」

吸走，無影無踪。

「阿玲，怎麼不去玩呢？」

「修女。天上為什麼這麼白？」

「傻孩子。」

「修女，我想要回家。」

「阿玲，妳想家喔！」修女摸摸她的頭，蹲在她的身邊，把臉頰貼上阿玲的臉頰。

「修女，我想媽媽，我要回去，修女！」阿玲的眼淚臨在眼眶。

火船的聲音「pouN——pouN——」從港口那頭傳來。

　　　　　※　　　　　　※　　　　　　※

放學的時候，阿玲和阿如一道走。「我告訴妳喔，今天，我媽媽會買一條手巾給我喔！」。她們順著海岸的這條路走，手牽手。在她們的身邊，太陽將天上的薄雲染成柑橘色。阿玲的嘴角浮出笑容：「是新的喔！上頭還有米老鼠，有這麼大隻喔——」她將雙手的手掌拱成了一個圓。

「真的喔？」阿如說。

「嗯！我媽媽不會騙我。我的一定比我姊姊的更大隻。」

阿玲說：「一定的，我媽媽會買給我。她知道我最喜歡米老鼠了。」

她們走過一排墨綠色的木麻黃。海邊的這條路，有一點遠，

殷行過一排墨綠色 e 麻黃。海墘 e 即條路，有淡薄仔遠，阿玲看著旗後山後面，柑仔色 e 天愈來愈紅。

「嘸過阿如，我給妳講，明仔載，我無卜來讀冊啊。」

「是安怎？」

「我想媽媽。我卜合媽媽做伙去上班。」

「眞 e 喔？妳卜去叨上班？」

「台北。」

「台北值叨？」

「道是阮媽媽上班靴。要坐火船過，閣要騎烏篤拜。」

「哇！若安呢，我道看未著妳 e 新手巾仔啊。」

「無要緊啦，盈暗咱閣去廟口耍 [sng²]。我才分 [pun] 妳看。」

「好！妳要來喔！」

　　　　※　　　　　　※　　　　　　※

阿如殷兜值廟邊，先夠厝。阿玲一個人行入彼條彎彎曲曲 e 巷仔。她看著阿嬤踞值後尾門邊仔 e 大灶頭前 hiaN⁵ 燒水。

「阿嬤，媽媽咧？她咁轉來啊？」

阿嬤幹頭，對她笑。

「阿玲，妳放學啊喔！今仔日值學校有乖否？」阿嬤講。

「阿嬤，我是問妳，媽媽咧？她咁轉來啊？」

「哎！講著妳即個查某鬼仔，一日夠暗干擔知影揣恁老母，

阿玲看著旗後山後面，柑橘色的天空越來越紅。

「不過阿如，我告訴妳，明天，我不來上學了。」

「爲什麼？」

「我想媽媽。我要和媽媽一起去上班。」

「眞的喔？妳要去哪兒上班？」

「台北。」

「台北在哪？」

「就是我媽媽上班那裏。要坐火船過去，還要騎摩托車。」

「哇！如果這樣，我就看不到妳的新手帕了啊。」

「沒關係啦，晚上我們再去廟口玩。我到時候分妳看。」

「好！妳要來喔！」

　　　　※　　　　　※　　　　　※

　　阿如的家在廟旁，先到家。阿玲一個人走入那條彎彎曲曲的巷子。她看著阿嬤蹲在後門邊的大灶前面燒熱水。

「阿嬤，媽媽咧？她回來了嗎？」

阿嬤轉頭，對著她笑。

「阿玲，妳放學了啊！今天在學校乖嗎？」阿嬤說。

「阿嬤，我是問妳，媽媽咧？她回來了嗎？」

「哎！說到妳這個小女孩，一天到晚只知道找妳媽媽，也不曉得來向阿嬤撒撒嬌。」

「阿嬤，我媽媽還沒到家是嗎？」

亦未曉來給阿嬤腮奶一下。」

「阿嬤，阮媽媽猶未夠厝乎？」

「猶未啦！妳喔！冊包去囥咧，緊，來替阿嬤 hiaN⁵ 燒水。」

過一搭久，阿玲跍值彼門大灶頭前，她將柴 long 入灶內，一面值畢畢啵啵 e 聲音中，等候碼頭彼爿，將媽媽載轉來 e 火船 e 聲。

※　　　　　※　　　　　※

閣過一下仔，阿玲 e 姊姊嘛放學轉來。她 e 姊姊拄讀國校一年，揹一個黃色 e 冊包，位巷仔口一面跳一面走過來，來夠門口。穿值她身軀，是前幾日拄買 e 新制服，已經 ko⁵ 加誠骯髒。當然，冊包猶是保持新展展，頂懸印一隻四面會發光閣會變色 e 米老鼠，笑咳咳。米老鼠 e 雙手提一本打開 e 冊底看。米老鼠 e 目睭圓輪輪。「姊──」阿玲徛起來：「分[pun]我看一下。」

「看啥物？」

「妳 e 冊包彼隻米老鼠。」

「無要！即隻米老鼠是我 e！無要分妳看。」

姊姊講了，繼續一面走，一面跳入門。

※　　　　　※　　　　　※

「還沒啦！妳喔！書包拿去放著，快，來替阿嬤燒熱水。」

過一下子，阿玲蹲在那口大灶前，她將木柴放進灶子裏，一邊在畢畢啵啵的聲音中，等候碼頭那邊，將媽媽載回來的火船的聲音。

※　　　　※　　　　※

再過一下子，阿玲的姊姊也放學回來了。她的姊姊剛讀國小一年級，揹了個黃色的書包，從巷子口一面跳一面走過來，來到門口。穿在她身上的，是前幾天剛買的新制服，已經染得很髒了。當然，書包還是保持著嶄新得很，上頭印著一隻四面會發光還會變色的米老鼠，笑嘻嘻的。米老鼠的雙手捧著一本打開的書在讀。米老鼠的眼珠子圓滾滾的。「姊──」阿玲站起來：「分我看一下。」

「看什麼？」

「妳的書包那隻米老鼠。」

「不要！這隻米老鼠是我的！不要分妳看。」

姊姊說了，繼續一面走，一面跳進門。

※　　　　※　　　　※

阿玲想起前一日，媽媽下班買姊姊的新衣服和書包回來，姊姊真是歡喜。不過，沒買阿玲的。阿玲感覺真是生氣，嘴巴翹

阿玲想起前一日，媽媽下班買姊姊e新衫合冊包轉來，姊姊
真歡喜。嘸過，無買阿玲e。阿玲感覺真受氣，一支嘴翹翹。

「媽，是安怎干擔姊姊有我無？人我嘛卜。」

「妳嘛卜喔！安呢妳要綴姊姊去讀一年級喔！妳咁卜去？」

「未使！」她e姊姊值邊仔，喝講：「媽，人我讀過大班呢！
阿玲猶未讀過，她未使去讀一年級。」

「誰卜綴妳去？」阿玲e嘴翹愈懸。「媽媽！人我無要去讀一
年級，我卜姊姊彼隻米老鼠。」

「阿玲乖。」媽媽跙落來，牽她e手：「妳要乖。妳即馬讀大
班啊呢！妳大漢啊呢！等妳讀一年級，媽媽一定買予妳。」

「真e喔？媽！安呢閣要等外久？」

姊姊值邊仔講：「妳慢慢仔等啦！等我讀夠二年級。」

「啊──安呢一定足久e啦！媽！人無要讀一年級，人卜米
老鼠啦！人卜米老鼠啦！嗚──」

阿玲開始哮起來。

「嗟──即個姊姊乎！烏白講！姊姊討厭！」媽媽給她攬按
按。

阿玲愈哮愈大聲：

「嗚──人討厭讀冊，討厭讀一年級，嘛討厭讀大班啦！
嗚──媽媽大細心！人干擔卜米老鼠啦！干擔卜米老鼠啦！」

媽媽將她e身軀攬真按，閣用手貼她e腳脊骿。她一直哮。
媽媽講：「好，阿玲上乖！媽媽明仔載道買米老鼠e手巾仔予
妳！阿玲上乖乎！」

著。

「媽，為什麼只有姊姊有我沒有？人家我也要。」

「妳也要喔！那妳要跟著姊姊去讀一年級喔！妳要不要去？」

「不行！」她的姊姊在一旁，喊著：「媽，人家我讀過大班呢！阿玲還沒讀過，她不能去讀一年級。」

「誰要跟妳去？」阿玲的嘴翹得更高了。「媽媽！人家我不要去讀一年級，我要姊姊那隻米老鼠。」

「阿玲乖。」媽媽蹲下，牽起她的手：「妳要乖。妳現在讀大班了呢！妳長大了呢！等妳讀一年級，媽媽一定買給妳。」

「真的哦？媽！這樣還要等多久？」

姊姊在旁邊說：「妳慢慢等啦！等我讀到二年級。」

「啊——這樣一定很久的啦！媽！人家不要讀一年級，人家要米老鼠啦！人家要米老鼠啦！嗚——」

阿玲開始哭起來。

「嗟——這個姊姊啊！胡亂講！姊姊討厭！」媽媽把她抱得緊緊。

阿玲愈哭愈大聲：

「嗚——人家討厭讀書，討厭讀一年級，也討厭讀大班啦！嗚——媽媽不公平！人家只要米老鼠啦！只要米老鼠啦！」

媽媽將她的身子抱得真緊，還用手拍著她的背。她一直哭。媽媽說：「好，阿玲最乖！媽媽明天就買米老鼠的手巾給妳！阿玲最乖是不是！」

阿玲慢慢地安靜下來，不再哭了。

阿玲款款仔恬落來，無閣哮。

她看媽媽：「媽！人討厭讀冊！人無要一個人去讀冊。」

「憨囡仔！哪會使無去讀冊？幼稚園遮濟小朋友，毆若揣無著妳，安呢卜安怎？」

「人嘸管。人卜綴媽媽去上班。」

※　　　　※　　　　※

燒水 hiaN⁵ 好，阿嬤將水舀去浴間仔，喊[hiam³]姊姊去洗身軀。嘸過姊姊講無要，姊姊卜看電視。阿嬤道叫阿玲先洗。阿玲猶未等夠媽媽轉來，嘸過，她想著媽媽講她已經大漢，講她上乖，而且，媽媽今仔日卜買手巾仔予她；她想著她已經會曉家己洗身軀，她是上聽話 e 查某囡仔。她點頭，她給阿嬤講：「好！」

阿嬤嘛呵咾她。

身軀洗卜好 e 時，她聽著媽媽 e 聲。媽媽已經轉來夠厝。「啊！媽媽轉來啊！」阿玲真歡喜。

她位浴間仔行出來，看著猶穿公司制服 e 媽媽，已經值灶腳煮飯。她喝：「媽媽！」

「喔！阿玲。妳身軀洗好啊喔！」媽媽將一尾魚园入鼎裏，「嗄──」一聲，幹頭看她，閣幹轉去。

「嗯！阿嬤叫我去洗身軀，我道去洗身軀。媽，我上乖對否？姊姊攏嘸洗，干擔知影看電視。姊姊無乖！」

「對，阿玲上乖乎！」媽媽給應，即擺無幹頭。阿玲知影媽媽

　　她看著媽媽：「媽！人家討厭讀書！人家不要一個人去讀書。」

　　「傻孩子！怎麼可以不去讀書？幼稚園這麼多小朋友，他們如果找不到妳，那要怎麼辦？」

　　「人家不管。人家要跟媽媽去上班。」

　　　　※　　　　　　※　　　　　　※

　　熱水燒好，阿嬤將水舀去浴室，喊著姊姊去洗澡。不過姊姊說不要，姊姊要看電視。阿嬤就叫阿玲先洗。阿玲還沒等到媽媽回來，不過，她想著媽媽說她已經長大，說她最乖，而且，媽媽今天要買手巾給她；她想著她已經會自己洗澡，她是最聽話的小女孩。她點頭，她對阿嬤說：「好！」

　　阿嬤也稱讚著她。

　　澡快洗好的時候，她聽見媽媽的聲音。媽媽已經回到家了。「啊！媽媽回來了！」阿玲很高興。

　　她從浴室走出來，看見還穿著公司制服的媽媽，已經在廚房煮飯。她喊著：「媽媽！」

　　「喔！阿玲。妳身子洗好啦！」媽媽將一尾魚放進鍋子，「嗄──」一聲，轉頭看她，又轉回去。

　　「嗯！阿嬤叫我去洗澡，我就去洗澡。媽，我最乖對嗎？姊姊都不洗，只知道看電視。姊姊不乖！」

　　「對，阿玲最乖是不是！」媽媽應著她，這次沒轉頭。阿玲知

晉當底無閒，未使吵她。她經過走廊，恬恬行入客廳。她給姊姊問：「姊！妳咁有看著媽媽買予我 e 手巾仔？」她 e 姊姊當底看電視，無應她。「姊——」

「安怎啦？」姊姊頭夯起來。

「媽媽咁有買手巾仔轉來？」

「啥物手巾仔？」

「有米老鼠 e 手巾仔啊！」

姊姊搖頭，繼續看她 e 電視。阿玲嘛坐落值椅頭仔。嘸過她無看電視。她 e 心肝頭一直想彼條手巾。阿公轉來啊，爸爸嘛轉來啊。殷攏坐值客廳講話。遐一定是一條足嬌 e 手巾仔。阿玲無聽殷講啥，直直想。「阿玲！」阿公喝她：「妳底想啥？哪安呢憨神憨神？」「無啦，阿公！我底想一條手巾仔，足嬌 e 喔！嘛有米老鼠！」「喔？予阿公看一下咁好？」「好！嘸過晉值媽媽靴！我等一下道提予阿公看。」

※　　　※　　　※

阿玲 e 媽媽一直值灶腳無閒，逐家吃飯 e 時，她道開始擦灶台、洗鼎仔、掃土腳。阿玲坐值飯桌，兩蕾目睭綴她行前行後。阿玲真想卜緊看著彼條手巾生啥物形，所以她飯扒真敏，三兩下道講吃飽啊，溜落桌腳。

媽媽當底揉土腳。

「媽！我給妳鬥揉。」

道媽媽現在正忙著，不能吵她。她經過走廊，靜靜走進客廳。她問姊姊：「姊！妳有看見媽媽買給我的手巾嗎？」她的姊姊正在看電視，沒應她。「姊——」

「怎麼啦？」姊姊頭抬起來。

「媽媽有買手巾回來嗎？」

「什麼手巾？」

「有米老鼠的手巾啊！」

姊姊搖頭，繼續看她的電視。阿玲也坐在凳子上。不過她沒看電視。她的心裏一直想那條手巾。阿公回來了，爸爸也回來了。他們都坐在客廳講話。那一定是一條很漂亮的手巾。阿玲沒有聽他們說什麼，一直想著。「阿玲！」阿公喊她：「妳在想什麼？怎麼這樣發呆？」「沒有啦，阿公！我在想一條手巾，很漂亮的喔！也有米老鼠！」「喔？讓阿公看一下好嗎？」「好！不過現在在媽媽那裏！我等一下就拿給阿公看。」

　　※　　　　　※　　　　　※

阿玲的媽媽一直在廚房忙著，大家吃飯的時候，她就開始擦灶台、洗鍋子、掃地。阿玲坐在飯桌上，一雙眼睛跟著她前前後後移動。阿玲真想要快看見那條手巾長什麼樣子，所以她飯扒得很快，三兩下就說吃飽了啊，溜下桌。

媽媽正在拖地。

「媽！我幫妳拖。」

「免啦！阿玲，妳先去吃飯。」

「人吃飽啊！」

「吃飽啊？遮緊！」媽媽手岸布櫓[lu³]仔，徛直起來：「妳平常時吃飯道無遮緊。今仔是安怎？」

「無——無啊！」

阿玲想卜問，嘸過，話塞值嚨喉，問未出嘴。媽媽一定知影是安怎？嘸過，她無給我講。她一定是未記啊！阿玲安呢想。她e笑容消失去。

「冰箱有西瓜，妳先提一塊去吃。」

「嘸要。人吃未落。」

※　　※　　※

阿玲坐値電視頭前，嘸過，無底看電視。媽媽騙她，她眞受氣。她e姊姊吃飯飽，招她去廟口蹉跎，她講她無要去。姊姊家己一個人走出去。逐個人攏吃飽啊。阿公合爸爸出去門口，合隔壁泡茶行棋，阿嬤入去房間。存媽媽。媽媽坐値飯桌。阿玲想卜開嘴，仝款，話講未出來。阿玲e嘴閣翹起來。媽媽無看她，干擔扒兩嘴飯菜，道開始款桌仔，給碗盤捧去灶腳洗。媽媽偃値水槽，洗碗e聲鏗鏗鏘鏘。媽媽大細心，阿玲想。講我上乖，是騙我e。媽媽卡痛姊姊。她聽著廟口e方向靴囡仔伴e笑聲。阿如一定會給我笑，一定會給我笑死。

過一下仔，姊姊閣走轉來。

「不必啦！阿玲，妳先去吃飯。」

「人家吃飽了！」

「吃飽了？這麼快！」媽媽手撐著拖把，站直起來：「妳平常吃飯就沒這麼快。今天是怎麼了？」

「沒——沒啊！」

阿玲想要問，不過，話塞在喉嚨，問不出口。媽媽一定知道是怎麼了？不過，她不告訴我。她一定是忘了！阿玲這麼想。她的笑容消失了。

「冰箱有西瓜，妳先拿一塊去吃。」

「不要。人家吃不下。」

　　　　※　　　　　　※　　　　　　※

阿玲坐在電視機前，不過，沒在看電視。媽媽騙她，她很生氣。她的姊姊吃飽了，找她去廟口玩，她說她不要去。姊姊自己一個人走出去。每個人都吃飽了。阿公和爸爸出去門口，和鄰居泡茶下棋，阿嬤進去房間。剩下媽媽。媽媽坐在飯桌上。阿玲想要開口問，一樣，話講不出來。阿玲的嘴又翹起來。媽媽沒看她，只是扒了兩口飯菜，就開始收拾桌子，把碗盤捧去廚房洗。媽媽俯在水槽，洗碗的聲音鏗鏗鏘鏘地。媽媽不公平，阿玲想。說我最乖，是騙我的。媽媽比較疼姊姊。她聽見廟口的方向那些童伴們的笑聲。阿如一定會笑我，一定會笑我到死。

過一下子，姊姊又跑回來。

「阿玲！行啦！阿如殷底等妳。阮格仔攏畫好啊！行啦！咱兩個一國。」

「無要啦！」

「好啦！」姊姊扭她 e 手：「行啦！咱兩個一國啦！」

「妳放啦！」阿玲喝一聲，將姊姊 e 手甩[hiu³]掉：「人無要啦！」

因爲甩傷大力，姊姊 e 手遂去擦[chhe³]著椅杤仔。「喔！足痛 e 啦！」她手夯起來，位肩胛給阿玲打落。

「啊——」阿玲叫一聲，「哇！」e 哭聲一下崩落。

逐個大人攏圍偎來。

「是安怎、是安怎？」

「姊姊啦！姊姊給人打！」

「誰叫妳給我 e 手用加遮痛！我輕輕仔給妳打一下，妳也哮遮大聲？」

「我無要去，妳道硬卜扭我去，妳應該啦！死好啦！痛痛予死好啦！上好死死 e 啦！」

「阿玲！囡仔人講話嘸好遮歹聽。」媽媽講。

「媽！我知啦！妳卡痛姊姊啦！痛痛予死好啦！姊姊有米老鼠，人道無……」

「是誰講妳無米老鼠……喔，道是安呢喔……即個憨囡仔！」

媽媽講遂，行夠衫弓靴，位皮包仔內面提一條全新 e 手巾仔過來：「妳看，即隻嘸是妳 e 米老鼠？妳看，遮——大隻。」

阿玲 e 目睭睗加大大蕾，一支嘴開加離腮腮。

「阿玲！走啦！阿如他們在等妳。我們把格子都畫好了！走啦！我們兩個一國。」

「不要啦！」

「好啦！」姊姊拉著她的手：「走啦！我們兩個一國啦！」

「妳放開啦！」阿玲喊一聲，將姊姊的手甩掉：「人家不要啦！」

因為甩得太用力，姊姊的手竟擦上了椅子扶手。「喔！很痛啦！」她手舉起來，從肩膀往阿玲打下去。

「啊──」阿玲叫一聲，「哇！」的哭聲一下崩潰了。

每個大人都圍過來了。

「怎麼了、怎麼了？」

「姊姊啦！姊姊打我！」

「誰叫妳把我的手弄得這麼痛！我輕輕打妳一下，妳也哭得這麼大聲？」

「我不要去，妳就硬要拉我去，妳應該啦！死好啦！痛死好啦！最好死掉啦！」

「阿玲！小孩子講話不要這麼難聽。」媽媽說。

「媽！我知道啦！妳比較疼姊姊啦！疼死好啦！姊姊有米老鼠，人家就沒有……」

「是誰說妳沒有米老鼠……喔，就是這樣喔……這個傻孩子！」

媽媽講完，走到衣架那兒，從皮包內拿了一條全新的手巾過來：「妳看，這隻不就是妳的米老鼠？妳看，這──麼大隻。」

媽媽將手巾仔提予她：「妳咁卜提米老鼠給妳 e 鼻擦擦咧？」
「嘸要！」
阿玲無閣哭，顛倒笑出來。

※　　　※　　　※

彼暝阿玲合姊姊手牽手去夠廟口，嘸過她無提手巾仔去予阿如看。她給手巾仔 chih 好勢，收值屜仔，講隔日透早卜給結值圍兜兜，安呢逐個小朋友攏看會著。

—2001/7/14 作

阿玲的眼睛睜得大大的，嘴張得老開。

媽媽將手巾拿給她：「妳要不要拿米老鼠把妳的鼻涕擦一擦？」

「不要！」

阿玲不再哭了，反而笑出來。

※　　　　※　　　　※

那一晚阿玲和姊姊手牽手去到廟口，不過她沒拿手巾去讓阿如看。她把手巾折好，收進抽屜，說隔天一大早要將它紮在圍兜兜上，這樣每個小朋友都看得到。

──2004/11/16 翻譯

[台語]

一滴值錢 e 目屎

12月，公司派我去台北開會，會議了，我合猴仔約值機場附近 e 捷運站相等。

值這晉前，我差不多有多外嘸捌去。寒人 e 台北黃昏合過去 e 印象全款，陰沈貼雲，霎[sap]雨 e 天幕下面，懸低 e 樓仔厝失去色緻，樓窗一格一格看未清，變成毿[phu²]色茫霧 e 暗影。無外遠 e 路口已經青燈，車輛歪歪 chhoa⁷-chhoa⁷ 塞[that]六、七排，合 nng³ 鑽 e 烏篤拜擠[chiN]歸丸。後排 e 計程車一直叭叭叫。值捷運站內外行踏 e 人有夠濟，拄好是下班下課 e 時間，有未少穿制服 e 學生，嘛有穿插時行 e 男女出入，卡卡 e 皮鞋聲值我耳孔邊轉踅。

我撐[theN³]值壁邊 e 鐵欄杆，目睭相著出口 e 所在。

「喂，少年仔！」雄雄有人貼一下我 e 肩胛頭。

我驚一 tio⁵，斡身，看著猴仔底對我笑。

「喔！你來啊，奇怪，你是位叨冒[bok]出來 e ，我哪會無看？」

「卡好咧！我坐計程仔來，遂塞值頭仔靴，所以只好家己落車行過來。」

「喔！莫怪。」

一滴值錢的淚

12 月，公司派我去台北開會，會議結束後，我和猴仔約在機場附近的捷運站。

在這之前，我差不多有一年多沒去了。冬天的台北黃昏和過去的印象一樣，陰沈沈的，籠罩著烏雲，飄雨的天幕下，高低的樓房失去了色彩，樓窗一格一格看不清楚，變成灰色霧濛濛的暗影。沒多遠處的路口已經綠燈，車輛歪歪斜斜塞了六、七排，和鑽動的摩托車擠成一團。後排的計程車一直叭叭叫著。在捷運站內外穿梭往來的人很多，剛好是下班下課的時間，有不少穿制服的學生，也有穿著入時的男女出入，卡卡的皮鞋聲在我耳邊繞著。

我撐在牆邊的鐵欄杆，眼睛望著出口的地方。

「喂，年輕人！」突然有人拍了一下我的肩膀。

我嚇一跳，轉身，看見猴仔對我笑著。

「喔！你來了，奇怪，你是從哪冒出來的，我怎麼沒看見？」

「卡好咧！我坐計程車來，竟塞在前面那裏，所以只好自己下車走過來。」

「喔！難怪。」

這時候，我從頭到尾仔細端詳他一次，發現我快要不認得他

即時，我自頭到尾斟酌給相一擺，發現我強卜嘸捌伊。當然伊 lo³ 猴 lo³ 猴 e 體格無變，彎曲無肉 e 面全款坎坎坷坷，全款掛一副烏框 e 大枝目鏡，目鏡後壁全款有兩蕾圓輪輪 e 目睭；只是，伊穿一軀誠夸[phaN⁷] e 西裝，閣打一條銀色 e 油炸粿，親像等一下卜去做新郎官全款，強卜予我未認得。猴仔是我大學四冬 e 室友，彼時，伊行到叨都穿牛仔褲配 T-shirt，嘴鬚兩禮拜才 khau 一擺，放加鬍縷縷，無要無緊未輸監囚。因為安呢，我對面頭前即個體面 e 都市人一時干那無啥熟識。

「行，我請你食飯。我知影附近有一間特別 e 餐廳。」伊講。

我應好。

阮行值霎雨 e 台北街路。猴仔雖然穿西裝，但行路 tio⁵ 咧 tio⁵ 咧 e 形無變，猴模猴樣。久無聯絡，一時我嘛嘸知卜講啥。我干擔知影伊即馬值彼間人稱「股王」e 電子公司做工程師，領一寡股票，經濟可能變加未歹。伊有大部分工科畢業生欣羨 e 空課，自退伍了道滯靴，可能是安呢，予伊看起來更加有自信。卡早，伊是阮彼班 e 怪才，課罕得上，嘸過若一上課，道專問奇怪 e 問題，予教授「掛烏板」。伊 e 眼神充滿驕傲，伊問問題 e 口氣，差不多是卜向教授挑戰 e；無一個教授未感[chheh]伊，只不過，感囥感，嘛攏當伊未掉——甚至伊 e 成績優秀，雖然人看起來瓏溜瓏溜，畢業 e 時，竟然閣是全班第五名。

霎霎仔雨予我 e 衫小可澹去，黏 thi-thi 貼值皮膚，無啥爽快。

彼間餐廳無外遠，確實特別。歸間暗索索[so-so]，天棚吊

了。當然他高高瘦瘦像猴子似的體格沒變，彎曲少肉的臉龐一樣是凹凸不平，一樣是戴了一副黑框的大眼鏡，眼鏡後面一樣有著一雙圓滾滾的眼睛；只是，他穿了一身很是帥氣的西裝，又打了一條銀色的領帶，像是等一下要去當新郎官似的，差點讓我認不出來。猴仔是我大學四年的室友，那時，他走到哪都穿牛仔褲配上 T-shirt，鬍鬚兩個禮拜才刮一次，很邋遢，無關緊要像是囚犯似的。因為這樣，我對於眼前這個體面的都市人一下子像是不認識似的。

「走，我請你吃飯。我知道附近有一家特別的餐廳。」他說。

我說好。

我們走在飄雨的台北街頭。猴仔雖然穿西裝，但走路又彈又跳的樣子沒變，猴模猴樣。久沒聯絡，一時間我也不知道要說什麼。我只知道他現在在那間人稱「股王」的電子公司幹工程師，領了些股票，經濟可能變得不錯。他有大部分工科畢業生羨慕的工作，從退伍後就在那裏上班，可能是這樣，讓他看起來更加有自信。以前，他是我們班上的怪才，課很少上，不過若是去上課，就專問些奇怪的問題來讓教授「掛黑板」。他的眼神充滿驕傲，而他提問題的口氣，總像是要向教授挑戰的；沒有一個教授不討厭他，只不過，討厭歸討厭，也都當不掉他——甚至他的成績優秀，雖然人看起來懶懶散散的，畢業的時候，竟還是全班第五名。

飄飄的雨讓我的衣服稍微濕掉了，黏答答貼在皮膚上，不怎麼舒服。

幾粒五燭 e 電火珠仔搖搖晃晃，土腳兜舖紅磚仔，壁頂懸掛幾若幅老台語電影 e 海報，一四界也有風鼓也有壟耙也有粟[chhek]桶，吧檯邊囥一隻牛車，閣揭一個牛犁，我想，精差無牽牛來犁。上特別 e 是，內面 e 人客卻是現代 e 少年家，X'mas e 音樂聲合殷 e 笑聲透濫作伙。阮揀一個很偎窗 e 位坐。服務生掛MENU 過來，猴仔看都無看道講：「海陸大餐，兩份。」

　　我緊瞄一下價數，仟二，吐舌：「咁通？」

　　「通啊，哪會嘸通？當時你起來？對啦，我有給殷講你卜來，問看殷有人卜作伙否，結果全部攏講有代誌，無道是要加班。」

　　「無要緊。」

　　「嘸是我要講你，你若繼續隱遁落，保證到尾咱班會無人捌你。像頂一擺值新竹辦同窗會，你也嘸來，真正有影 e ⋯⋯敢遮呢行未開腳？我問你，你值南部到底是咧變啥？」

　　「無啊，哪有變啥？上班、下班、寫程式，安呢爾。」

　　「閣有，聽講你娶啊？」

　　「嗯。年初。」

　　「哪會攏嘸通知？」

　　「傷遠啦。我想，莫予你麻煩。」

　　「喔。」

　　伊斡頭看著窗外，我綴伊斡過。窗外天色已經暗去，但是雨變大陣。霓虹燈看板映值路裏，七彩 e 光線熾咧化咧，紅色、黃色、青色、紫色 e 光點值雨水裏流動。車燈掃過，阮身軀邊牢著

那家餐廳不多遠，確實特別。整間黑漆漆的，天花板上吊著幾個五燭光的燈泡，地上舖著紅磚，牆上掛了幾幅老台語電影的海報，四處有風鼓有壟耙也有粟桶，吧檯邊放了一台牛車，又擱著一個牛犁，我想，只差沒有牽頭牛來犁地了。最特別的是，裏頭的客人卻是現代的年輕人，X'mas 的音樂聲和他們的笑聲夾雜在一起。我們挑了一個靠窗的位子坐。服務生推了 MENU 過來，猴仔看都沒看就說：「海陸大餐，兩份。」

我快瞄了一下價格，一仟二，咋舌：「好嗎？」

「好啊，哪裏不好？難得什麼時候你上來？對啦，我告訴他們說你要來，問他們有沒有人要一起來，結果全部說有事，要不然就是要加班。」

「不要緊。」

「不是我愛說你，你若繼續隱匿下去，保證到最後沒人認得你。像上次在新竹辦同學會，你也不來，真是的……難道說這麼走不開嗎？我問你，你在南部到底是在幹些什麼？」

「沒有啊，哪有幹些什麼？上班、下班、寫程式，就這樣。」

「還有，聽說你娶了？」

「嗯。年初。」

「怎麼都不通知？」

「太遠啦。我想，別添你們麻煩。」

「喔。」

他轉頭看著窗外，我跟著他轉過去。窗外天色已暗，但是雨變大了。霓虹燈看板映在路面，七彩的光線一明一暗地閃著，紅

雨珠一滴一滴 e 玻璃窗嘛綴底金起來，一陣一陣。我看著一個學生因仔無穿雨幔踏腳踏車，青青狂狂，衝紅燈，車輪 kau² 水噴起來。又閣是一陣叭叭叫 e 喇叭聲。

「值遮，一日到暗落這死人雨，卜落若嘸落，未蔥脆，嘛是南部卡好。」

「唔。你有外久無轉去啊？」

「久啊喔……差不多卜三個月有啊……唉呀！無法度，無啥物假啦，有假 e 時道是鐵公路人擠人，真正糟蹋人有影 e。」

餐前酒先送來，續落是沙拉合牛肉湯。服務生足有禮貌，看起來經過嚴格 e 訓練。學生時代，我合猴仔嘸捌作伙吃過餐廳，有是路邊擔仔。阮租厝滯值田埔邊 e 一間舊樓仔，散加未輸卜予鬼咬去。嘸過我知影伊嘸是完全無錢，只是省。雖然伊老爸是板模工，無外濟所費予伊，但是伊家己趁錢納學費，四界兼家教，嘛貿一寡 CASE 來寫，確實拚未少錢。伊拚加三更半暝，日時才來睏；道是安呢才會捷捷無去上課。私底下，伊捌給我講，伊卜儉卡濟錢娶某。伊有一個交往幾若多 e 女朋友。

「恁公司今年未歹乎，股票？」我問。

「嗯！」

「分幾張？」

「兩張爾哪有幾張？阮頭家酷形有名 e。」

「兩張閣『爾』？恁是股王，幾十萬呢？」

「哼，你都嘸知，頂緊值同窗會，強卜予新竹靴氣死，見面道嗆[chhiang³]，親像 X 電 e，咱班有十外個，講分 20 張以

色、黃色、青色、紫色的光點在雨水裏流動。車燈掃過，我們身邊有著雨滴一滴一滴的玻璃窗也跟著亮起來，一陣陣地。我看著一個學生沒穿上雨衣騎腳踏車，慌慌張張地，闖了紅燈，車輪胎壓過水濺了起來。又是一陣叭叭叫的喇叭聲。

「在這兒，一天到晚下這死人雨，要下不下的，不乾脆，還是南部比較好。」

「唔。你有多久沒回去了？」

「久囉……差不多快要三個月有了……唉呀！沒辦法，沒什麼假啦，有假的時候就是鐵公路人擠人，真是的，簡直就是糟蹋人。」

餐前酒先送來，接著是沙拉和牛肉湯。服務生很有禮貌，看起來經過嚴格的訓練。學生時代，我和猴仔不曾一起吃過餐廳，有的話是路邊攤。我們租房子住在田埔邊的一間舊樓，窮得怕要讓鬼啃走。不過我知道他不是完全沒錢，只是省。雖然他老爸是板模工，沒多少生活費給他，但是他自己賺錢繳學費，四處兼家教，也包了些 CASE 來寫，確實拚了不少錢。他拚到三更半夜，白天的時候才睡覺；就是這樣才會常常不去上課。私底下，他曾告訴我，他要存多點錢來娶老婆。他有一個交往好幾年的女朋友。

「你們公司今年不錯吧，股票？」我問。

「嗯！」

「分幾張？」

「兩張而已哪有幾張？我們老闆刻薄有名的。」

上，XX電，七、八個，嘛有15張以上，給我喝講閣作五多道
會使退休，臭屁加！正港一大堆電子新貴……你咧？你幾張？」

「幾張？公司無了錢就不得了啊，閣卜幾張？」

「咁安呢？我聽人講恁公司勇呢？」

「哈，你聽啥人講e？值南部卜外勇？」

「咁講你無半張？」

「嗯，無半張。」

「薪水咧？」

「少。」

「是乎？我早道給你勸過，叫你莫轉去，你道嘸聽。南部對
咱來講是墓仔埔啦，無發無展，而且頭家普遍閣摳閣凍酸。你若
留值北部，犯勢過兩多道會使牽Benz e，卜信否？照我看，彼
擺同窗會你無去是對e，無你會氣死……」

我無講話。

龍蝦合牛排送過來，用鐵盤宁e，煙一直熸，淅瀝叫。我恬
恬開始用餐。伊若吃若續落講：「嘸過阮也無底好命。你知否？
日也做暝也做，卡好咧，三不五時到十一、二點，逐家攏嘛囤一
個睡袋值公司。是講，人予你靴濟，你無做咁會使？我看，青春
攏賣股去啊，做予死好啦！」伊吐一個氣。

「喔？」青春？

我想起伊彼個女朋友名叫做阿純，是阮學校經濟系e學生，
減阮兩屆，嘛是南部人，厝裏值菜市仔開衫仔店；她生做普通，
嘸過笑起來眞甜，無啥愛講話，是誠樸實e查某囡仔。像當初時

「兩張還『而已』？你們是股王，幾十萬呢？」

「哼，你不知道，上次在同學會，差點被新竹那些人氣死，一見面就嗆聲，像 X 電的，我們班有十多個，說分到了 20 張以上，XX 電，七、八個，也有 15 張以上，對我喊著說再五年就能退休了，臭屁得很！真的是一大堆電子新貴……你咧？你幾張？」

「幾張？公司沒賠錢就已經是不得了啦，還要幾張？」

「這樣嗎？我聽說你們公司很猛呢？」

「哈，你聽誰說的？在南部能多猛？」

「難道你沒半張嗎？」

「嗯，沒半張。」

「薪水咧？」

「很少。」

「是吧？我早勸過你，叫你別回去，你就不聽。南部對我們來說是墳場啦，沒發展，而且老闆普遍又刻薄又小氣。你若留在北部，說不定過兩年就能買賓士車了，相不相信？照我看，那次同學會你沒去是對的，不然你會氣死……」

我沒講話。

上了龍蝦和牛排，用鐵盤裝的，煙一直冒，淅瀝叫著。我靜靜地開始用餐。他邊吃邊接著說道：「不過我們也稱不上好命。你知道嗎？白天也做晚上也做，真是的，三不五時到十一、二點，大家都放著一個睡袋在公司。只是說，人家給你那麼多，你不做行嗎？我看，青春都賣給他們了，做死好啦！」他吐一個

猴仔彼款茬懶[lam² loa⁷]形，實在想無有查某囡仔會甲意伊。
殷兩個人是值愛樂社熟識 e，閒時攏愛聽音樂。彼陣，猴仔用隨
身聽接兩粒五佰塊 e 喇叭，組一套不止仔兩光[liong²-kong] e
音響。雖然音響兩光，嘸過，殷時常給人借一寡ＣＤ轉來聽，安
呢嘛是聽加足心適……

　　猴仔大大嘴吃牛排，將肉切開，鉗[chhiam²]咧，搵醬，塞
落嘴箍，看著不止仔順手又閣四是。算起來，若殷繼續交往到
旦，已經超過七多，應該早道是會當嫁娶 e 時機。阮差不多全時
陣做兵。彼時，殷猶作伙。閣來，阮退伍，阿純拄好畢業，攏卜
揣頭路。殷踏一隻烏篤拜相載來揣我。「阮阿純 e 卜綴我起哩，」
猴仔足有自信講：「阮打算卜拍拚幾多道會當落來。逐家厝攏值
遮，無轉來未使，若無，殷爸母到時夯篙仔枝來討人，看我卜安
怎……乎？對否？純 e！」阿純歸個面紅赤赤，給打一下肩胛
頭，恬恬，目睭看土腳。

　　兩禮拜後，猴仔通過第三次 e 面試，引著即馬即個頭路，人
已經值台北。

　　但阿純無綴伊起來，我知。

　　閣過幾工，阿純第一擺打電話予我。值電話彼頭，伊無啥講
話，直直哭。伊講伊爸母嘸答應予去台北。伊合猴仔冤家，嘸知
卜安怎。了後我隨打電話去給猴仔問，猴仔回答：無要緊，伊會
安貼；若準講阿純真正無法度起來，伊一定會捷捷轉去……

　　「最近，咁閣有聽音樂？」我問伊。

　　「有喔！聽外大咧！無你想，我值遮會當創啥？對啦，我前
一暫買一套新 e 音響，英國 e，外讚咧！有閒你應該來我靴聽看

氣。

「喔？」青春？

我想起他那個女朋友名叫阿純，是我們學校經濟系的學生，晚我們兩屆，也是南部人，家裏在菜市場開服飾店；她長得普通，不過笑起來眞甜，不太愛講話，是樸實的女孩子。像當初猴仔那種懶散的樣子，實在想不出有女孩子會喜歡他。他們兩個人是在愛樂社熟識的，閒暇時候都愛聽音樂。那陣子，猴仔用隨身聽接兩顆五佰塊的喇叭，組起一套實在是很爛的音響。雖然音響很爛，不過，他們時常向人借些ＣＤ片回來聽，這樣也聽得很愜意……

猴仔大口地吃著牛排，將肉切開，叉住，沾醬，塞進嘴裏，看起來很是順手妥當。算起來，若他們繼續交往到現在，已經超過七年，應該早就是可以結婚的時機。我們差不多同個時候當兵。那時，他們還在一起。之後，我們退伍了，阿純剛好畢業，都要找工作。他們共乘了一輛摩托車來找我。「我的好阿純要跟著我上去呢，」猴仔很有自信地說：「我們打算打拚幾年就可以回來。每個人的家都在這兒，不回來不行，要不然，她的父母到時候拿起棍子來要人，看我怎麼辦……嗯？對吧？純！」阿純整個臉紅通通的，拍了一下他的肩膀，靜靜地，眼睛看著地上。

兩個禮拜後，猴仔通過第三次的面試，找到了現在這個工作，人已經在台北了。

但阿純沒跟著他上來，我知道。

又過幾天，阿純第一次打電話給我。在電話那頭，她沒什麼

覓。返鋼琴 e 聲，一粒一粒，仁仁仁，評[pheng⁷]眞正 e 鋼琴閣卡像鋼琴。」

「唔。」

雨嘛是底落，我吃無啥會落，看著窗外 e 車輛值雨水裏來來去去。路邊，一個歐里桑行足慢。伊頭毛半白，穿一領皮衫，行到路口可能是冷 e 款，將雨傘柄挾值胳兒腔（胳肢窩），曲痀曲痀卜給皮衫 thoa² 懸。不過因爲雨傘挾未牢，予風吹加歪一月，伊 e 身軀一時予雨渥著。過差不多 20 秒，我看伊雨傘夯好勢，閣繼續行。

彼時，我問猴仔，是安怎無卜先合阿純結婚？

伊講，伊猶無錢。伊一定要予阿純幸福 e 日子過。「要外有錢才有夠？」我問伊。伊回答：「上起碼，兩個人想著卜出去吃大餐 e 時，目睭皮未眨半下。」伊講加足肯定，充滿信心。

餐廳內底，X'mas e 音樂猶原眞鬧熱，猴仔嘴若哺，若綴咧哼。

「我想著，最近 Kleiber 來台灣辦一場演奏會，我有去聽，轟動加，ＣＤ我嘛有買。你當時卜走？我放予你聽。」

「眞歹勢，盈暗道要轉去。」

「幾點 e 飛翎機？」

「便看，猶未訂。上晚到十點半。」

「咁未當明仔載走？」

「閣要上班咧！」

「坐透早 e 飛翎機啊？」

「嘸通啦，傷忝。」

講話，一直哭著。她說她父母不讓她上台北。她和猴仔吵架了，不知道該怎麼辦。之後我馬上打了電話問猴仔，猴仔回答：沒關係，他會搞定；若真的阿純無法上來，他一定會常常回去……

「最近，還聽音樂嗎？」我問他。

「有喔！聽得可兇咧！不然你想想看，我在這兒還能幹嘛？對啦，我前一陣子買了套新的音響，英國的，多棒啊！有空你應該來我那兒聽聽看。那鋼琴的聲音，粒粒分明，比真正的鋼琴還像鋼琴。」

「唔。」

雨還是下著，我吃不太下了，看著窗外的車輛在雨中來來往往。路旁，一個歐里桑走得很慢。他頭髮半白，穿了一件皮衣，走到了路口似乎因為太冷的樣子，將雨傘的柄挾在胳肢窩，駝著背要將皮衣的拉鍊拉上。不過因為雨傘挾不住，讓風給吹得歪向一邊，他的身子一時間被雨淋了。過了差不多 20 秒，我看他雨傘拿好，又繼續走。

那時候，我問猴仔，為什麼不先和阿純結婚？

他說，他還沒錢。他一定要給阿純幸福的日子過。「要多有錢才夠？」我問他。他回答：「最起碼，兩個人想到要出去吃大餐的時候，眼皮連眨也不必眨半下。」他說得很肯定，充滿信心。

餐廳內，X'mas 的音樂仍然熱鬧，猴仔的嘴一邊嚼著，一邊跟著哼唱。

「我想到，最近 Kleiber 來台灣辦一場演奏會，我去聽了，真是轟動，ＣＤ片我也買了。你什麼時候要走？我放給你聽。」

「喔，安呢無采……無，另日好啦！」

伊 e 面掛一個失望 e 表情。有幾若分鐘，阮兩個恬恬無講話。

「算算咧，我嘛來台北兩冬半啊。真緊！即馬你看，且我值遮，日子過加外呢仔飄撇 e 咁嘸是？」

伊笑一聲，笑了，逐憨神憨神。

「留值南部，你咁無後悔？」伊問我。

我笑笑仔，搖頭。

伊雙手 e 踵頭仔插交叉，手骨揭咧椅枵仔，身軀 the 值後 the。

過一分鐘，伊講：「對啦，你咁有聽講阿純 e 代誌？阿純……」

「我知影。她結婚啊，我有去予請。」

即時陣，伊歸個人縮值椅仔裏，吐大氣。

「伊講我要轉去南部。我給講會，我早慢會轉去，我給講過！」

我無閣出聲。

霓虹燈 e 七彩燈火全款值雨水裏流動。一台車駛過，車燈又閣給玻璃窗照加金起來；值玻璃窗 e 反光之中，我看著伊 e 目尾，有一滴目屎嘛綴咧金起來，過一秒，閣暗去。

「即馬我感覺我已經無法度轉去啊。」伊安呢講。

——2001/1/10 初稿

2004/11/12 修訂稿

「不好意思，晚上就要回去了。」

「幾點的飛機？」

「到時候看看，還沒訂。最晚到十點半。」

「不能明天走嗎？」

「還要上班呢！」

「坐一大早的飛機啊？」

「不行，太累了。」

「喔，這樣真可惜……不然，改天吧！」

他的臉上掛著一個失望的表情。有好幾分鐘，我們兩個安靜著沒講話。

「算一算，我也來台北兩年半了。真快！現在你看，我在這兒呢，日子過得多愜意的不是嗎？」

他笑了一聲，笑過，竟恍惚了。

「留在南部，你難道不後悔？」他問我。

我笑了笑，搖頭。

他雙手的指頭交叉，手臂擱在扶手上，身子躺向椅背。

過了一分鐘，他說：「對了，你是不是聽說了阿純的事？阿純……」

「我知道。她結婚了，宴客我有去。」

這時候，他整個人縮在椅子裏，深嘆了口氣。

「她說我該回去南部。我說會，我早晚會回去，我告訴過她！」

我沒再說話。

　　霓虹燈的七彩燈光仍舊在雨水裏流動著。一輛車開過去，車燈又把玻璃窗給照亮起來；在玻璃窗的反射中，我看見他的眼角，有一滴眼淚也跟著亮起來，過一秒，又暗了下來。

　　「現在我覺得我回不去了。」他這麼說。

──2004/11/12 翻譯

[台語]

筆 錄

1

　　拄落部隊彼多，我去夠南部甘蔗小鎮e某一個陸軍營區做連輔導長，道是人講e「輔e」。靴是日本時代留落來e一個舊營區，算是師部之外e一個獨立營區。營區e外面，有一大片甘蔗園、幾間人家厝、合一兩間修理車e小工廠。當時精實案e計畫當塊進行，彼個單位是一個特別e基幹步兵旅，總共有兩營十連，值旅長之下雖然猶有兩個營長，不過，逐個營長之下，只存一個營輔e（營輔導長）、一個連長、一個副連長、一個輔e，合兩三個排長幹部，統一管理五個連。兵仔e數目嘛無濟，五個連加加起來兩百統個，差不多干擔是一般步兵單位e一半。我先值師部報到，單位分配了後，一個好心e學長道給我講，基幹旅e兵仔有前科案底e比例卡懸，份子複雜，卡歹取［chhoa⁷］，要我特別細膩。續落來e一年果然是慘綠e日子，我值真濟古怪人e古怪代誌之間走闖。

　　我想起一兵王德義e筆錄，道是其中之一。

　　王德義e漢草真勇，人lo³，閣有肉，大鼻大耳，嘛過目睭細細蕾，可能是檳榔吃傷大，伊e一排嘴齒烏碼碼，部隊e阿兵

[華語]

筆　錄

1

　　剛下部隊那年，我去到南部甘蔗小鎮的某一個陸軍營區當連輔導長，就是人稱的輔仔。那裏是日本時代留下來的一個舊營區，算是師部之外的一個獨立營區。營區的外面，有一大片甘蔗園、幾戶人家、和一兩間修理車的小工廠。當時精實案的計畫正在進行，那個單位是一個特別的基幹步兵旅，總共有二營十連，在旅長之下雖然還有兩個營長，不過，每個營長之下，只剩下一個營輔仔（營輔導長）、一個連長、一個副連長、一個輔仔，和兩三個排長幹部，統一管理五個連。士兵的數目也不多，五個連加起來兩百出頭個，差不多只是一般步兵單位的一半。我先在師部報到，單位分配完以後，一個好心的學長就告訴我，基幹旅的阿兵哥有前科的比例較高，份子複雜，比較難帶，要我特別當心。接下來的一年果然是慘綠的日子，我在很多古怪人的古怪事情之間奔走。

　　我想起一兵王德義的筆錄，就是其中之一。

　　王德義的體格很壯，人高馬大，又有肉，大鼻子大耳朵，不過眼睛很小，可能是檳榔吃太多，他的一排牙齒黑曛曛的，部隊

哥攏叫伊「烏齒 e 」。伊是 1976 年次,老爸值屏東開一間酒店。檔案記錄伊值 1992 年牽涉一件傷害案,我算算咧,彼時伊才 16 歲。伊 e 個性真烈,時常爲著小可代誌合人冤家,不三時將「人無犯我,我無犯人」掛值嘴。一擺操課了後 e 休息時間,我拄薰予伊,問起伊彼件傷害案,伊笑笑,嘸給我講。

四月,營區內底 e 樣仔欉已經開花,空氣中有芳芳甜甜 e 樣仔花 e 味。我臨時接著通知,講隔日國防部卜來督導彈庫,要阮先做徹底 e 檢查合整理。營區總共有兩個彈庫,一個值東南偎車場 e 角落,是第一彈庫,一個值東北爿操課場閣卡過 e 偏僻牆仔角,是第二彈庫。我是即兩個彈庫 e 直接主管,營長落命令,要我先取一班阿兵哥去第一彈庫整理;另外,因爲彼段時間拄好師部有演訓,連長、副連長合一個排長予人調去支援,阮單位 e 幹部腳手無夠,所以第二彈庫 e 部分,道予營輔 e 取隊,殷負責要將第二彈庫頭前 e 草仔割清氣。

阮一班人來夠彈庫,將雙重鐵門打開,請徛哨 e 衛兵來門口顧咧,續落道開始整理。我點一遍彈箱 e 數目,然後,合阿兵哥做伙將靶彈箱疊整齊、土腳掃清氣。因爲彈箱重,而且數目濟,才無外久,逐個人攏歸身軀汗。阿兵哥講:「輔 e ,這硬斗 e ,要打涼 e 來請啦!」我講:「代誌做遂,有啥物問題!」

代誌做遂,已經卜偎中晝。日頭真焰,我合阿兵哥來夠車場邊 e 樣仔欉腳歇睏,等候一個阿兵哥去福利社摜涼 e 來。我看車場 e 空課嘛已經塊收尾,營區值即個時刻非常安靜。微風吹來,白色 e 樣仔花款款飄動。車場正爿隔一條路,道是阮 e 營部,日

的阿兵哥都叫他「烏齒的」。他是 1976 年次，老爸在屏東開一間酒店。檔案記錄他在 1992 年牽涉一件傷害案，我算一算，那時候他才 16 歲。他的個性很烈，時常為著一點小事和人吵架，不時地將「人無犯我，我無犯人」掛在嘴上。有次操課後的休息時間，我遞香菸給他，問起他那件傷害案，他笑了笑，不告訴我。

　　四月，營區內的芒果樹已經開花，空氣中有香香甜甜的芒果花香。我臨時接到通知，說隔天國防部要來督導彈庫，要我們先做徹底的檢查和整理。營區總共有兩個彈庫，一個在東南邊靠近車場的角落，是第一彈庫，一個在東北邊操課場再過去的偏僻牆角，是第二彈庫。我是這兩個彈庫的直接主管，營長下令，要我先帶一班阿兵哥去第一彈庫整理；另外，因為那段時間正好師部有演訓，連長、副連長和一個排長被調去支援，我們單位的幹部人手不夠，所以第二彈庫的部分，就讓營輔仔帶隊，他們負責要將第二彈庫頭的草割乾淨。

　　我們一班人來到彈庫，將雙重鐵門打開，請站哨的衛兵來門口看著，接著就開始整理。我點一遍彈箱的數目，然後，和阿兵哥一起將那些彈箱疊整齊、地掃乾淨。因為彈箱重，而且數目多，才不多久，每個人都一身的汗。阿兵哥說：「輔仔，這硬斗的，要打涼的來請啦！」我說：「事情做完，有什麼問題！」

　　事情做完，已經接近中午。太陽很大，我和阿兵哥來到車場邊的芒果樹下休息，等候一個阿兵哥去福利社買涼水來。我看車場的工作也已經接近完工結尾，營區在這個時刻非常安靜。微風吹來，白色的芒果花款款飄動。車場右邊隔一條路，就是我們的

本時代留落來 e 老營舍，是簡單素潔 e 建築，有白色 e 厝壁合烏
色 e 瓦，一群厝家鳥仔值瓦頂跳過來跳過去。我想著因為連長副
連長無值咧，我假日已經留守一個月無放假，心肝頭，有想厝 e
心情微微 thoaN³ 開。我合阿兵哥開講，逐家講起一寡個人厝裏
e 代誌。講著當歡喜 e 時，阮突然間聽著位營部 e 方向，傳來一
句真大聲「他媽的，混蛋！」e 喝喊。逐家驚一著。

是營長 e 聲。伊 e 聲，合伊 e 體格、伊 e 眼神、伊取兵 e 方
式全款，精壯有力。彼句喝喊予我感覺不安。我徛起來，看見營
長 e 傳令仔已經走來。

「報告輔 e！營長請你去營長室。」

我將彼班兵交代予班長，合傳令仔做伙行轉去。

我問傳令仔：「是安怎？營頭仔拄才哪會喝一聲靴大聲？」

伊講：「阿道烏齒 e 啦！」

「烏齒 e 是安怎？」

「吃檳榔啊！去予營頭仔掠著。」

「值叨予掠著？」

「二彈庫。合營輔 e 做伙。」

營輔 e 是職業軍人少校仔，是外省人，大約三十五、六歲，
身懸百七，膨皮白肉。聽講伊值長官 e 眼內是一個問題人物，捌
一擺打兵仔，閣給槍指人 e 鼻仔，予人告；頂懸只好記伊一支大
過，然後將伊「外放」來遮。不過，我是一直看未出伊合兵仔感情
外歹，尤其伊合幾個有案底 e 阿兵哥之間，一日夠暗你兄我弟，
實在看未出伊也會打兵仔。伊時常給我教示：「輔 e，我告訴

營部，日本時代留下來的老營舍，是簡單素潔的建築，有白色的屋牆和黑色的瓦，一群家雀在瓦上跳過來跳過去。我想著因為連長副連長不在，我在假日已經留守一個月沒放假，心頭，有想家的心情微微瀰漫。我和阿兵哥聊天，大家講起一些個人家裏的事。講得正高興的時候，我們突然間聽見從營部的方向，傳來一句很大聲「他媽的，混蛋！」的喝喊。大家嚇了一跳。

是營長的聲音。他的聲音，和他的體格、他的眼神、他帶兵的方式一樣，精壯有力。那句喝喊讓我感覺不安。我站起來，看見營長的傳令兵已經跑來。

「報告輔仔！營長請你去營長室。」

我將那班兵交代給班長，和傳令一起走回去。

我問傳令：「怎麼了？營長剛才怎會喊一聲那麼大聲？」

他說：「阿就是烏齒的啦！」

「烏齒的是怎麼了？」

「吃檳榔啊！被營長逮到了。」

「在哪兒被逮？」

「二彈庫。和營輔仔在一起。」

營輔仔是職業軍人少校，是外省人，大約三十五、六歲，身高一百七，白白胖胖的。聽說他在長官的眼裏是一個問題人物，曾經一次毆打阿兵哥，又用槍指著人家的鼻子，被告了；上頭只好記他一支大過，然後將他「外放」來這裏。不過，我是一直看不出他和阿兵哥感情多壞，尤其他和幾個有前科的阿兵哥之間，一天到晚稱兄道弟，實在看不出他也會毆打阿兵哥。他時常教訓我

你，帶兵要帶心，你懂嗎？」我道給應：「報告是！」伊藏一罐高粱值伊 e 眠床腳，若營長無值咧，伊道將酒提出來，歸日關值房間 sip，啥物代誌道嘸睬，完全是一號酒鬼。

我來夠營長室 e 時，營輔 e 已經徛值門口。伊向我使一個奇怪 e 目色，給我揪過。

伊值我 e 耳孔邊講：「謹慎點，輔 e。」

我聽無即句話 e 意思，當卜閣問伊，營長已經塊催我入去，我只好清采向伊點[tam³]一個頭。

值營長室，我看著王德義立正 e 姿勢徛咧。營長坐值桌仔後面，一個面紅絳絳，看我行入去，道將一包檳榔撣來予我。「輔 e，你看看你的兵。」

我幹頭看王德義，伊 e 腳手夾眞按，目光直直，目睭仁連轉都嘸敢轉一下。我嘛嘸敢講話。

營長對王德義喝講：「他媽的！我說過幾次，誰吃檳榔被我捉到，就關 30 天禁閉。你有沒有聽過？」

王德義講：「報告有。」

營長大力宕一個桌仔，講：「有？有你還吃？你一天不吃會死哦王德義？」

王德義恬恬。

營長命令我馬上做一份筆錄：「每一句話都給我記清楚，一句話都不要漏，知道嗎？吃飯前給我。」

我講：「是！」

我取王德義行轉去我 e 房間，揪一條椅仔，閣撣一枝薰予

說：「輔仔，我告訴你，帶兵要帶心，你懂嗎？」我就回答他：
「報告是！」他藏了一瓶高粱在他的床下，若營長不在，他就拿出
酒，整天關在房間裏喝，什麼事也不管，完全是一號酒鬼。

　　我來到營長室時，營輔仔已經站在門口。他向我使了一個奇
怪的眼色，拉我過去。

　　他在我的耳邊說：「謹慎點，輔仔。」

　　我聽不懂這句話的意思，當要再問他，營長已經催著我進
去，我只好隨便向他點一個頭。

　　在營長室，我看見王德義立正的姿勢站著。營長坐在桌子後
面，一張臉紅通通的，看我走進去，就將一包檳榔丟來給我。
「輔仔，你看看你的兵。」

　　我轉頭看王德義，他的手腳夾得真緊，眼光直直的，瞳孔連
轉都不敢轉一下。我也不敢講話。

　　營長對王德義喊說：「他媽的！我說過幾次，誰吃檳榔被我
捉到，就關30天禁閉。你有沒有聽過？」

　　王德義說：「報告有。」

　　營長用力拍一下桌子，說：「有？有你還吃？你一天不吃會
死喔王德義？」

　　王德義安靜著。

　　營長命令我馬上做一份筆錄：「每一句話都給我記清楚，一
句話都不要漏，知道嗎？吃飯前給我。」

　　我說：「是！」

　　我帶王德義走回我的房間，拉一張椅子，並丟了根香菸給

伊：「坐啦！」

　伊坐落，將薰點灼。

　我坐值我 e 位。王德義看我位匣仔底將筆錄紙捎出來，夾薰 e 手小可會搐[chhoah]。

　「輔 e，即擺耍[sng²]真 e 喔？干擔吃一粒檳榔爾呢，關 30 工咁未傷超過？」

　我看伊親像無啥物悔意，有寡受氣。

　「烏齒 e！你是嘸知影恁營頭仔 e 性地呢？猶有話？」

　「當然嘛有話。輔 e 冤枉喔！檳榔嘛嘸是我家己卜吃 e 啊對否？」

　「啥物嘸是你家己卜吃 e？」

　「本底道是啊！我本底嘛無想卜吃，阿道營輔 e 拄來 e。」

　我驚一著，拍桌仔：「你烏白講！哪有可能營輔 e 拄檳榔予你？」

　王德義講：「真 e 啦！輔 e。逐家攏嘛有看著。無，你去問……」

　我突然間想著拄才營輔 e 奇怪 e 面色，一下瞭解過來。

　續落，王德義將詳細 e 情形講予我聽。原來，伊早起予營輔 e 取去第二彈庫割草，結果營輔 e 叫伊去牆仔邊「揪鈴仔」，替伊買檳榔，了後，營輔 e 將檳榔拄過予伊。殷兩個人踞值彈庫後面 e 牆仔邊吃，拄好予營長看著……

　我問伊：「營頭仔咁真正有看著營輔 e 吃？」

　伊講：「有啦！營頭仔是啥物款人物對否？」伊繼續講：「有

他：「坐啦！」

他坐下，將香菸點著。

我坐在我的位子上。王德義看我從抽屜裏將筆錄紙拿出來，夾著香菸的手稍微發抖著。

「輔仔，這次玩眞的喔？只吃一粒檳榔而已呢，關 30 天會不會太過份了？」

我看他似乎沒什麼悔意，有點生氣。

「烏齒的！你是不知道你們營長的脾氣嗎？還有話說？」

「當然嘛有話說。輔仔冤枉喔！檳榔也不是我自己要吃的啊對不對？」

「什麼不是你自己要吃的？」

「本來就是啊！我本來也不想要吃，是營輔仔遞過來的。」

我嚇一跳，拍桌子：「你胡說！哪有可能營輔仔遞檳榔給你？」

王德義說：「眞的啦！輔仔。大家都有看見。不然，你去問……」

我突然間想起剛才營輔仔奇怪的臉色，一下瞭解過來。

接著，王德義將詳細的情形告訴我。原來，他早上被營輔仔帶去第二彈庫割草，結果營輔仔叫他去牆邊「拉鈴子」，替他買檳榔，之後，營輔仔將檳榔遞過去給他。他們兩個人蹲在彈庫後面的牆邊吃，剛好被營長看見……

我問他：「營長眞的有看到營輔仔吃嗎？」

他講：「有啦！營長是什麼人物對不對？」他繼續說：「有夠

夠衰 e，才擔咻[pou⁷]落爾……」

值星班長已經歕嗶仔，部隊開始值集合場集合，卜去餐廳吃飯。幾個阿兵哥行過我 e 房間，幹頭過來看。

「輔 e，代誌道是安呢，我腹肚飫啊啦！你緊寫寫咧，卜宰[thai⁵]卜剖由在恁啊啦！」

我給凝，叫伊卡恬咧：「做嘸對代誌閣安呢！你是知見笑否？」

王德義雙手展開，一個無所謂 e 表情。

坦白講，我嘛感覺眞飫，嘸過，這份筆錄遂嘸知卜安怎寫。

我想，若照實寫，營輔 e 穩死 e；若無照實寫，拄才看營長 e 面，若像眞認眞。咁講，營長……

我筆提咧，一粒頭 mouh 咧燒。

安全士官連續兩擺來敲我 e 門；第一擺伊來講營長吩咐，要我緊寫寫咧予看，緊去吃飯；第二擺伊來講，營輔 e 要我速速取王德義去揣伊。

2

營輔 e e 房間掛一大幅潑墨山水，茶几頂懸，栽[chhai⁷]一盆紫色 e 蝴蝶蘭，歸個房間 e 光線充足、明亮，第一眼會予人感覺是一位雅士 e 房間。不過即擺，我看伊已經將高粱 e 提出來，桌頂閣囥一塊甌仔。伊 e 面馬西馬西，可能已經飲未少去。

營輔 e 一粒頭兒咧晃咧，對我講：「坐啦……輔 e。」伊 e 聲無啥力，會牽絲。

衰的，才剛嚼下去而已……」

　　值星班長已經吹哨，部隊開始在集合場集合，要去餐廳吃飯。幾個阿兵哥走過我的房間，轉頭過來看。

　　「輔仔，事情就是這樣，我肚子餓了！你快寫一寫，要殺要剮任憑你們了啦！」

　　我瞪他，叫他安靜點：「做錯事還這樣！你知不知羞恥啊？」

　　王德義雙手一攤，一個無所謂的表情。

　　坦白說，我也感覺很餓，不過，這份筆錄卻不知道要怎麼寫。

　　我想著，若照實寫，營輔仔一定很慘；如果不照實寫，剛才看營長的臉色，似乎很認真。難道說，營長……

　　我筆拿著，很傷腦筋。

　　安全士官連續兩次來敲我的門；第一次他說營長吩咐，要我快寫一寫讓他看，快去吃飯；第二次他說，營輔仔要我速速帶王德義去找他。

　　　　2

　　營輔仔的房間掛了一大幅潑墨山水，茶几上，放了一盆紫色的蝴蝶蘭，整個房間的光線充足、明亮，第一眼會讓人感覺是一位雅士的房間。不過這次，我看他已經將高粱酒拿出來，桌上放了個杯子。他的臉茫茫然的，可能已經喝不少了。

　　營輔仔晃著他的頭，對我說：「坐啦……輔仔。」他的聲音乏力，拖泥帶水。

　　我值蝴蝶蘭邊仔彼條椅仔坐落。王德義開嘴：「營輔e……」

　　「媽咧個B央，你給我住嘴！」營輔e雄雄喝遮大聲，我e心臟險險道跳出來。營輔e喝講：「王德義，你這王八蛋，會不會站啊？夾好！」

　　王德義本底清采荷爾，聽營輔e喝即聲，隨啪一下，荷加直直直。

　　營輔e講：「輔e，筆錄寫好了沒？」

　　我講：「報告，還沒！」

　　伊夯頭看王德義，吊魚仔目，若像擔位棺材爬起來。「這個王八蛋，交給我來。」伊將紙筆捎出來，「啪！」一聲，宕一下桌仔。

　　「王德義，說！檳榔哪裏來的？」

　　王德義嘴啊啊，幹頭看我，一個無辜e表情。

　　「王八蛋！我問你話你看哪裏？」

　　王德義無講話。

　　「你到底說不說？」

　　王德義頭點點[tam³]，細聲嚅[nauh]：「營輔e，明明是你提予我e。」

　　「B央！你再說一次！」營輔e閣大力宕一下桌仔，伊桌頂彼罐高粱震一下，khi-li-khou-lok 輪落土腳，乓一聲，破去。酒精味蒸值歸間房間。

　　「再說一次道再說一次，本底道是你提予我e。檳榔是你提錢叫我買e，牛仔殷嘛有看著……」

　　我在蝴蝶蘭邊的那張椅子坐下。王德義開口：「營輔仔……」

　　「媽咧個Ｂ央，你給我住嘴！」營輔仔突然這麼大聲地喊，我的心臟差點就跳出來。營輔仔喊說：「王德義，你這王八蛋，會不會站啊？夾好！」

　　王德義本來隨便站著而已，聽見營輔仔喊這麼一聲，馬上啪一下，站得直挺挺的。

　　營輔仔說：「輔仔，筆錄寫好了沒？」

　　我說：「報告，還沒！」

　　他抬頭看王德義，吊著眼珠子像魚似的，彷彿剛從棺材裏爬上來。「這個王八蛋，交給我來。」他拿出紙筆，「啪！」一聲，用力敲一下桌子。

　　「王德義，說！檳榔哪裏來的？」

　　王德義的嘴啊啊張著，回頭看我，一個無辜的表情。

　　「王八蛋！我問你話你看哪裏？」

　　王德義沒講話。

　　「你到底說不說？」

　　王德義頭低低的，細聲囁著：「營輔仔，明明是你拿給我的。」

　　「Ｂ央！你再說一次！」營輔仔又用力敲了一下桌子，他桌上那瓶高粱震了一下，khi-li-khou-lok 滾到了地上，乓一聲，破了。酒精的氣味蒸騰在整間房間。

　　「再說一次就再說一次，本來就是你拿給我的。檳榔是你拿錢叫我買的，牛仔他們也有看見……」

營輔 e 即聲掠狂，徛起來，兩三步行來王德義面頭前，將伊 e 領揪咧，「媽咧個 B 夬！」伊手夯懸，卜位王德義 e 嘴顆[phoe²]抶落。我看安呢未使，緊跳起來，將營輔 e e 手骨擋咧。營輔 e 氣搔搔，阮兩個揪來揪去。

王德義講：「輔 e，莫給擋啦！反正我講 e 是事實，檳榔嘛吃啊，卜打做伊來啦！」我看伊將拳頭母握[lak]按：「營輔 e，你道卡斟節咧，上好是永遠莫踏出即個營區，咱才來看誰卡大尾！」

最後營輔 e 給我揉[sak]開，行轉去伊 e 位，筆捎咧咻咻咻開始寫。伊夯頭，叫我先出去外口等。

我恬恬徛值營輔導長室 e 門口。日頭焰加，我感覺頭眞眩[hin⁵]，而且已經飫加大腸挌小腸。我聽見值營輔導長室，營輔 e 合王德義塊講話，嘸過，聽未清楚殷講啥。

過差不多十分鐘，王德義行出來，向我行一個禮。伊 e 面出現古怪 e 笑容。伊講：「輔 e，營輔 e 請你入去。我先去吃飯。」

我閣入去，看著營輔 e 干那一尾爛蛇，梯[the]值伊 e 藤椅。伊將彼份筆錄交予我，講：「喏！拿去給營長。他還在等。我待會兒會打個電話給他。」

我值路裏提彼份筆錄起來看。

彼份筆錄大約講王德義偷買檳榔入來吃，感覺眞後悔，希望上級會使原諒伊一擺。

筆錄頂懸，王德義 e 手印宕加滿滿，不過，完全無提起營輔 e e 代誌。

　　營輔仔這下子捉狂了，站起來，兩三步走到王德義面前，扯著他的領子，「媽咧個Ｂ央！」他手舉高，要往王德義的臉頰打。我看這樣不行，趕快跳起來，將營輔仔的手臂擋住。營輔仔氣得發抖，我們兩個人一陣拉扯。

　　王德義說：「輔仔，別擋他啦！反正我說的是事實，檳榔也吃了，要打任他來啦！」我看他握緊拳頭：「營輔仔，你就有點分寸，最好是永遠別踏出這個營區，我們再來看誰比較大尾！」

　　最後營輔仔把我推開，走回他的位子，筆拿起來咻咻咻開始寫。他抬頭，叫我先出去外頭等。

　　我靜靜站在營輔導長室的門口。陽光熾烈得很，我感覺頭很暈，而且已經餓得腸子翻攪。我聽見在營輔導長室，營輔仔和王德義在說話，不過，聽不清楚他們說些什麼。

　　經過差不多十分鐘，王德義走出來，向我行一個禮。他的臉出現古怪的笑容。他說：「輔仔，營輔仔請你進去。我先去吃飯。」

　　我再進去，看見營輔仔像尾爛蛇似的，躺靠在他的藤椅上。他將那份筆錄交給我，說：「喏！拿去給營長。他還在等。我待會兒會打個電話給他。」

　　我在路上拿起那份筆錄來看。

　　那份筆錄大約說王德義偷買檳榔進來吃，感覺很後悔，希望上級可以原諒他一次。

　　筆錄上頭，王德義的手印蓋得滿滿的，不過，完全沒提起營輔仔的事。

3

想想咧嘛真趣味，王德義最後竟然無入去關 30 工禁閉。

營長干擔罰伊禁假一工。嘸那安呢爾，伊禁假彼工，仝款值遍地樣仔花芳味 e 營區，我繼續第二個月 e 留守，阿伊，竟然予營長合營輔 e 載出去。

聽阿兵哥講，彼工，殷是做伙去屏東王德義殷老爸開 e 酒店 Happy。

「咁講是烏齒 e 殷爸 Sa-bi-su e？」

「無喏，輔 e。聽講彼條是營輔 e 開 e 呢！」

———2002/2/24 初稿

2002/2/28 修改

3

　　想起來真有趣，王德義最後沒有進去關 30 天禁閉。

　　營長只罰他禁假一天。不止這樣，他禁假那天，同樣在遍地芒果花香味的營區，我繼續第二個月的留守，而他，竟然被營長和營輔仔載出去了。

　　聽阿兵哥說，那天，他們是一塊兒去屏東王德義他老爸開的酒店 Happy。

　　「難道是烏齒的老爸招待的？」

　　「不，輔仔。聽說那可是營輔仔買單的呢！」

——2004/11/17 翻譯

[台語]

矮仔吳文政

加倍鬱卒 e 身懸

吳文政身懸 156 公分。因為即個身懸，伊非常鬱卒。

1998 年晉前，即個身懸是全台灣部隊上矮 e，因為照規定，156 公分以下嘸免做兵，阿伊拄好是吊車尾。我必須坦白講，值咱即個時代，保家衛國 e 光榮，比較卡接近口號，「好子要做兵」e 時代可能已經過去，大部分 e 少年家甘願莫去做兵；閣何況，入伍晉前 e 吳文政，未使算是一個好子。對伊來講，閃避做兵上好 e 方法，道是予家己閣卡矮咧。伊想想咧，決定位兵役體檢 e 前三工開始，暗時徛咧睏，雙爿肩胛頭吊兩粒 20 磅 e 鐵輪，看安呢咁會有效。可惜，伊失敗啊。幾個月後，伊值車站 e 月台，合 112 個全梯 e，做伙踏上彼班駛向新兵中心 e 火車；即時陣，伊 e 身懸予伊更加嘸氣。報到了後，伊拳[hong⁵]安排值隊伍 e 上尾一排，合過去全款，伊做好面對恥笑 e 按算。代誌果然發生，入去新兵中心 e 第五工，伊值浴間仔合幾個全梯發生衝突，起因是刻值伊腳脊骿 e 一尾活龍。這要怪伊靴全梯 e 嘸捌貨，講啥物彼尾龍傷細隻，未輸一隻死蝦。伊未堪得人講，拳頭母握著道合人拚，結果予人 chhi²值土腳。針對即件代誌，新兵

[華語]

矮仔吳文政

加倍鬱卒的身高

吳文政身高 156 公分。因為這個身高,他非常鬱卒。

1998 年以前,這個身高是全台灣部隊最矮的,因為照規定,156 公分以下不用當兵,而他正好是「吊車尾」。我必須坦白講,在我們這個時代,保家衛國的光榮,比較接近口號,「好男要當兵」的時代可能已經過去了,大部分的年輕人寧願不當兵;更何況,入伍前的吳文政,不能算是一個好男。對他而言,躲避當兵最好的方法,就是讓自己再矮一點。他想一想,決定從兵役體檢的前三天開始,晚上站著睡,兩邊肩膀吊兩個 20 磅的啞鈴,看這樣是不是會有效。可惜,他失敗了。幾個月後,他在車站的月台,和 112 個同梯的,一起踏上那班駛向新兵中心的火車;這時候,他的身高讓他更加不服了。報到後,他被安排在隊伍的最後一排,和過去一樣,他做好面對嘲笑的打算。事情果然發生了,進新兵中心的第五天,他在浴室和幾個同梯發生衝突,起因是刻在他背上的一尾活龍。這要怪他那些同梯的不識貨,說什麼那尾龍太小隻,像是一隻死蝦。他受不住別人的閒話,拳頭握起來就和人家拚了,結果被人壓在地上。針對這件事,新兵中

中心e輔導長有一截評論:「該員體格瘦小卻性格頑劣,有不自量力的暴力傾向,宜列爲重點管教人員。」

另外,值部隊e重點管教人員之中,伊e作文屬甲等,值伊e悔過書嘛有一段值得參考e坦白話:「我沒有錯,是他們先挑釁的。反正他們以爲他們高大,就要欺負我。他們一定要後悔。在我眼裏,他們只是一群沒有大腦的豬。如果長官特別照顧他們,長官也會因爲包庇一群豬而後悔。」

不准叫伊矮仔材

梯數 1736 夠 1760 算是心理不平e一代兵。當殷是菜鳥e時,殷予老鳥喝起喝落,完全無尊嚴;譬如講,殷未使值老鳥面頭前吃薰,卜吃,道要趁半暝落哨,偷偷仔匿值便所邊吃;殷徛重哨;殷包辦所有勤務;殷吃飯排上尾。夠殷漸漸變做老兵e時,頂懸落命令,嚴格禁止「學長學弟制」,阿兵哥合阿兵哥之間,未使 chhiang³ 梯數,軍紀通報嘛不時出現老鳥打菜鳥夆[hong⁵]判軍法e例。殷失去做老鳥e福利,只存一支酸溜溜e嘴。吳文政e梯數 1778,是幸福e一梯,伊落部隊e時,拄好1784 梯入伍,1736 梯退伍。當然伊瞭解法令徛值菜鳥彼爿,所以無將任何一位學長看在眼內——除了殷全排e哥仔劉武雄。劉武雄彼年 28 歲,鳳山人,是拄位監獄出來e「回役兵」,1771梯,早吳文政三個半月入伍。伊e腹肚邊有三綻刀 khi⁷,外號鯊魚。坦白講,值營上,打破「學長學弟制」e,嘸是國防部,是伊;伊是營上e老大。吳文政合伊感情未歹;值某一方面,應該

心的輔導長有一段評論:「該員體格瘦小卻性格頑劣,有不自量力的暴力傾向,宜列爲重點管教人員。」

另外,在部隊的重點管教人員之中,他的作文屬甲等,在他的悔過書也有一段值得參考的坦白話:「我沒有錯,是他們先挑釁的。反正他們以爲他們高大,就要欺負我。他們一定要後悔。在我眼裏,他們只是一群沒有大腦的豬。如果長官特別照顧他們,長官也會因爲包庇一群豬而後悔。」

不准叫他矮仔材

梯數 1736 到 1760 算是心理不平的一代兵。當他們是菜鳥時,他們被老鳥喊上喊下,完全沒尊嚴;譬如說,他們不能在老鳥面前抽菸,要抽,就要趁半夜下哨,偷偷躲在廁所邊抽;他們站哨負擔很重;他們包辦所有勤務;他們吃飯排最後。到他們漸漸變成老兵時,上頭下了命令,嚴格禁止「學長學弟制」,阿兵哥和阿兵哥之間,不能比梯數,軍紀通報也不時出現老鳥打菜鳥被判軍法的案例。他們失去當老鳥的福利,只剩一張酸溜溜的嘴巴。吳文政的梯數 1778,是幸福的一梯,他下部隊時,正好1784 梯入伍,1736 梯退伍。當然他瞭解法令站在菜鳥那邊,所以沒將任何一位學長看在眼裏——除了他們同排的哥仔劉武雄。劉武雄那年 28 歲,鳳山人,是剛從監獄出來的「回役兵」,1771梯,早吳文政三個半月入伍。他的邊邊肚子有三道刀疤,外號鯊魚。坦白講,在營上,打破「學長學弟制」的,不是國防部,是他;他是營上的老大。吳文政和他感情不錯;在某一方面,應該

講，劉武雄眞照顧伊。這有兩個原因。第一，吳文政入伍前值鳳山蹉跎，伊 e 老大海狗仔幾年前捌合劉武雄 chi² 接過；第二，即馬，伊大聲叫劉武雄「哥仔」。雖然伊替劉武雄去福利社買薰買涼水、寫莒光作文簿、擦皮鞋、chih 被、掛蚊罩，不過，未使講伊予劉武雄欺負，因爲劉武雄是伊 e 靠山。事實證明無人敢欺負伊。彼日吃飯飽卜睏晝 e 時間，值星官值走廊歕嗶仔討十個公差，結果沒人應，伊氣 phut–phut 闖入來寢室，給吳文政頂懸床 e 一個 1740 梯破百卜退伍 e 老鳥點出去。即個 1740 梯破百 e 老鳥早道值眠床頂倒加好勢好勢，雄雄夆[hong⁵]叫去出公差，心肝頭無啥爽快，道將眠床 cham³ 加 pin–piang 叫，嘴裏跫跫念：「啥物嵌站啊，閣底出公差……」吳文政歹聲嗽叫伊卡細聲咧，講伊安呢會吵著人 e 眠。即下未直啊，破百老鳥跳落來，看吳文政坐值眠床邊仔打納涼，眞凝[geng⁵]，道給眠床柺仔踢一下，講：「喂！矮仔材！莱卑巴閣也未認份，你是底討皮痛呢？」人傾[chhiN⁵]過，一目睨，兩個人道揪揪做一丸，打起來。殷值寢室打加大聲細聲，阿兵哥攏箍倷來，有人勸殷莫打，有人值邊仔讚聲，歸間寢室亂糟糟，沒人看著劉武雄位鐵櫃提伊 e S 腰帶行過來。伊將邊仔圍咧看 e 人 poe² 開，手夯懸，咻咻兩下道給 S 腰帶 sut 過，一下 sut 著破百老鳥 e 後 khok，一下 sut 著伊 e 腰脊骨；破百老鳥唉一聲，un 落土腳，差一塊仔死死昏昏去。爲著即件代誌，殷夆禁假一個月，不過，殷得著菜鳥仔值部隊 e 地位。哥仔劉武雄宣布：「此去，不准任何人叫吳文政矮仔材。」

說，劉武雄很照顧他。這有兩個原因。第一，吳文政入伍前在鳳山混，他的老大海狗仔幾年前曾和劉武雄接觸過；第二，現在，他大聲叫劉武雄「哥仔」。雖然他替劉武雄去福利社買香菸買涼水、寫莒光作文簿、擦皮鞋、折棉被、掛蚊帳，不過，不能說他被劉武雄欺負，因為劉武雄是他的靠山。事實證明沒有人敢欺負他。那天吃飽飯要睡午覺的時候，值星官在走廊吹哨要十個公差，結果沒人回答，他氣沖沖闖進寢室，把吳文政上鋪的一個1740梯破百要退伍的老鳥點了出去。這個1740梯破百的老鳥早就在床上躺得穩穩當當地，突然被叫去出公差，心頭不太爽快，就把床鋪踩得乒乓響，嘴裏喃喃唸著：「什麼時候了，還在出公差……」吳文政口氣很差地叫他小聲點，說他這樣會吵到別人睡覺。這下沒完沒了了，破百老鳥跳下來，看吳文政坐在床邊風涼，很氣，就踢了床架一下，說：「喂！矮仔材！菜得要命還不認份，你是皮癢嗎？」身子靠過去，一眨眼，兩個人就扯在一塊，打了起來。他們在寢室打得大小聲，阿兵哥都圍攏過來，有人勸他們別打，有人在一旁鼓動，整間寢室亂糟糟的，沒人看見劉武雄從鐵櫃拿他的S腰帶走過來。他將一旁圍著看的人推開，手舉高，咻咻兩下就把腰帶掃打過去，一下掃打在破百老鳥的後腦杓，一下掃打在他的腰脊；破百老鳥唉喊了一聲，倒在地上，差一點就昏死過去。為了這件事，他們被禁假一個月，不過，他們得到菜鳥在部隊的地位。哥仔劉武雄宣布：「此後，不准任何人叫吳文政矮仔材。」

申訴，老鳥打菜鳥

冬天雖然夠位，攀上圍牆 e 九重葛，花蕊猶原開加紅葩葩，這是罩霧 e 拜六透早，歸個營區攏是鳥仔聲。早頓吃了，夆禁假 e 哥仔劉武雄憂頭結面，手提假單，敲門，行入連長 e 房間。伊向留守 e 連長報告，講伊 e 老母破病入院，伊需要請假。連長嘸信，叫伊假單提咧出去。伊講，連長若嘸信，會使敲電話去病院問。伊將一張紙拄去連長 e 面頭前，頂面抄一支電話號碼合殷老母 e 名字。連長照號碼敲去，是一位小姐接 e，彼位小姐講靴是某某病院 e 服務台，伊證實劉武雄 e 老母病加真嚴重，是心臟病發作，現此時滯值加護病房 107。憨連長一下道相信對方甜美 e 聲，電話掛咧，值假單頂面批：照准。

營區圍牆外面 e 世界永遠是繁華 e 世界。一群人約好值鳳山一間卡拉 OK 店相等，七仔麗娜值靴上班，是靴 e 店花。卡拉 OK 內底有一個金燦燦唱歌 e 舞台，中央是一個舞池，舞池四周圍，是一格一格ㄇ字形 e 膨椅位，膨椅頭前园一塊桌仔。盈暗 10 點，四個禮拜無放假 e 吳文政，趁值星官查過舖轉去房間眠 e 時陣，嘛爬牆仔出去，伊計畫值天光晉前轉來。吳文政夠位 e 時，已經滿桌酒菜，劉武雄合三個蹉跎兄弟、七八個妖嬌媠姑娘濫咧坐，包括麗娜在內。劉武雄酒甌提咧，講：「文政仔，喔，你榠你榠，也知影通變即步，我看連頭仔根本道是豬一隻。來！予焦啦！」麗娜身穿半透明薄紗衫，坐值劉武雄 e 大腿面頂，劉武雄另外一支手環值她 e 腰。吳文政將酒杯捧懸，講：「哥仔，

申訴，老鳥打菜鳥

　　冬天雖然到了，攀上圍牆的九重葛，花蕊仍然開得紅艷，這是籠罩著霧的星期六清早，整個營區都是鳥叫聲。早餐吃完，被禁假的哥仔劉武雄憂愁滿面，手拿著假單，敲門，走入連長的房間。他向留守的連長報告，說他的老母親生病住院，他需要請假。連長不信，叫他假單拿著出去。他說，連長若不信，可以打電話去醫院問。他將一張紙遞到連長的面前，上頭抄了一個電話號碼和他老母親的名字。連長按著號碼打去，是一位小姐接的，那位小姐講那裏是某某醫院的服務台，他證實劉武雄的老母親病得很嚴重，是心臟病發作，此刻待在加護病房 107。傻連長一下就相信對方甜美的聲音，電話掛斷，在假單上批下：照准。

　　營區圍牆外的世界永遠是繁華的世界。一群人約好在鳳山一間卡拉 OK 店，馬子麗娜在那兒上班，是那兒的店花。卡拉 OK 店內有一個燦爛閃爍的唱歌的舞台，中央是一個舞池，舞池四周圍，是一格一格ㄇ字形的沙發座，沙發前面放了一塊桌子。晚上 10 點，四個禮拜沒放假的吳文政，趁值星官查過舖回去房間睡覺的時候，也爬牆出去，他計畫在天亮前回來。吳文政到的時候，已經滿桌的酒菜，劉武雄和三個道上混的兄弟、七八個妖嬌美姑娘濫交雜著坐，包括麗娜在內。劉武雄酒杯拿著，說：「文政仔，喔，你行你行，還知道可以耍這一招，我看連長根本就是豬一隻。來！乾啦！」麗娜身穿半透明薄紗衫，坐在劉武雄的大腿上，劉武雄另外一隻手環在她的腰。吳文政將酒杯捧高，說：

予焦！」伊看麗娜一眼，麗娜嘛看伊，伊感覺彼日麗娜 e 兩蕾目
睭特別溫柔。青紅 e 燈火隨著鬧熱 e 音樂聲閃閃熠熠，殷吃薰飲
酒，殷唱歌，殷喝拳，有時男女招咧，嘻嘻哈哈道牽入去舞池跳
舞，位恰恰夠曼波，笑聲不斷。吳文政一直飲雄酒，伊想卜招麗
娜跳舞，嘸過，哥仔劉武雄自頭夠尾給攬加按按按，予伊嘸敢開
嘴。一直夠輪著劉武雄上台唱歌，伊才給邀請。還是一首布魯斯
e 慢曲，吳文政已經小可醉，腳步踏未在[chai⁷]，阿麗娜真體
貼，帶伊跳，伊感覺著一種真久嘸捌有 e 幸福。伊將面貼值麗娜
e 胸崁。伊講麗娜足像伊卡早彼個鬥陣 e 阿如。「有影無影？」
「當然嘛有影。」麗娜笑一聲。殷趸夠舞池 e 烏暗角落，吳文政閣
開嘴細聲講：「麗娜！妳綴我好否？」麗娜搖頭，講她聽無。「妳
做我 e 七仔，我會照顧妳。」麗娜閣笑一聲：「哪有可能？」

「妳是嘸是嫌我矮？」

「無啦！你想位叨去？」

歌猶未奏遂，殷道行轉來。劉武雄歌唱遂轉來，繼續給麗娜
攬咧，吳文政燒酒捧咧一直灌，四界招人喝啪啦拳[phah-la-
khan²]。桌仔腳 e 啤乳管仔已經揤歸四界。一群人酒精發作，
不時吱吱笑，大聲喝咻。道值逐家耍加當歡喜 e 時，雄雄，麗娜
唉一聲荷起來，她講：「雄哥，莫安呢啦！」一群人恬去。吳文政
有看著，拄才劉武雄 e 手無老實，伸對人 e 裙底去。

「啥物莫安呢！妳給我坐落。」劉武雄大聲嚷。

「對啦對啦，麗娜小姐！妳哪道惹阮雄哥受氣？」邊仔 e 兄弟
講。

「哥仔，乾！」他看麗娜一眼，麗娜也看他，他感覺那天麗娜的一雙眼睛特別溫柔。青紅色的燈光隨著熱鬧的音樂閃爍著，他們抽菸喝酒，他們唱歌，他們喊拳，有時男女互邀，嘻嘻哈哈就牽著手進入舞池跳舞，從恰恰到曼波，笑聲不斷。吳文政一直喝著猛酒，他想要邀麗娜跳舞，不過，哥仔劉武雄從頭到尾把她摟得緊緊，讓他不敢開口。一直到輪到了劉武雄上台唱歌，他才邀請她。那是一首布魯斯的慢曲，吳文政已經稍微醉了，腳步踏不穩，而麗娜很體貼，帶著他跳，他感覺到一種很久不曾有的幸福。他將臉貼在麗娜的胸脯上。他說麗娜很像他以前那個在一起的阿如。「真的假的？」「當然是真的。」麗娜笑了笑。他們轉到舞池的黑暗角落，吳文政又開口小聲說著：「麗娜！妳跟我好嗎？」麗娜搖頭，說她聽不懂。「妳做我的馬子，我會照顧妳。」麗娜又笑一聲：「哪有可能？」

「妳是不是嫌我矮？」

「沒啦！你想到哪去？」

歌曲未奏完，他們就走回來。劉武雄歌唱完回來，繼續把麗娜摟著，吳文政酒捧著一直灌，四處找人喊酒拳。桌下的啤酒罐已經丟得到處都是。一群人酒精發作，不時吱吱笑，大聲喊叫。就在大家玩得正高興，突然，麗娜喊了一聲站起來，她說：「雄哥，別這樣啦！」一群人安靜下來。吳文政有看見，剛才劉武雄的手不老實，伸到了人家的裙底下去。

「什麼別這樣！妳給我坐下。」劉武雄大聲嚷著。

「對啦對啦，麗娜小姐！妳何必惹我們雄哥生氣？」一旁的兄

「雄哥，失禮啦！真 e 啦，人無做加遮啦！」麗娜用腮奶 [sai-nai] e 口氣講。

拄好音樂聲響起，麗娜繼續給劉武雄講：「人先去跳一個舞，乎 [hoNh]？」

麗娜給吳文政 e 手牽咧，卜招伊去跳舞。

「喂文政仔！你坐予好喔我給你講，她是我 e 查某喔，你上好莫給 khap 著。」

劉武雄用手指吳文政 e 鼻仔。

「哈！哥仔！」吳文政笑笑仔給劉武雄講：「值即囉所在啊，莫認真啦！媌姑娘仔一四界攏嘛有，對否？」吳文政徛起來。

劉武雄講：「殷娘咧！矮仔材！我叫你坐予好你無聽著？」伊閣給麗娜講：「咁講妳甘願合即個矮仔材跳舞，嘸要合我坐？」

劉武雄順手位吳文政 e 肩胛頭貼落。

可能是酒醉無節力，嘛可能是刁故意，劉武雄貼彼下未細下，吳文政退一步，跋落值土腳。伊喝一聲：「X！你叫誰矮仔材？」伊咬牙切齒，爬起來道位劉武雄 e 腹肚 cheng 落⋯⋯

即段故事續落 e 部分，夠擔真少人理解，嘸過我相信，應該不只是過量 e 酒精造成 e。

半點鐘後，吳文政歸身軀傷，值罩濛 e 路裏一面行一面哭。伊看著路邊一支公共電話，道給皮夾仔內底，彼張中心發予伊 e 新兵申訴卡提出來。半暝兩點半，伊敲一支 080 e 免錢電話，電話彼頭是國防部一位值勤 e 少校仔軍官。伊給少校仔報告，講伊是 1778 梯 e 二兵，值外口予一個 1771 梯 e 一兵 bok 加半小

弟說著。

「雄哥，失禮啦！眞的啦，人家沒做到這裏啦！」麗娜用撒嬌的口吻說著。

正好音樂聲響起，麗娜繼續對劉武雄說：「人家先去跳一個舞，好嗎？」

麗娜牽起吳文政的手，要邀他去跳舞。

「喂文政仔！你坐好喔我告訴你，她是我的女人喔，你最好別碰著她。」

劉武雄用手指著吳文政的鼻子。

「哈！哥仔！」吳文政笑著對劉武雄說：「在這種地方啊，別當眞啦！漂亮姑娘到處都有，對不對？」吳文政站起來。

劉武雄講：「他娘咧！矮仔材！我叫你坐好你沒聽見？」他又告訴麗娜：「難道說妳寧願和這個矮子跳舞，而不和我坐？」

劉武雄順手往吳文政的肩膀拍下去。

可能是喝醉酒沒控制力道，也可能是故意的，劉武雄拍那一下不算輕，吳文政退一步，跌倒在地。他喊一聲：「Ｘ！你叫誰矮仔材？」他咬牙切齒，爬起來就往劉武雄的肚子搥下去……

這段故事接下來的部分，至今很少人理解，不過我相信，應該不只是過量的酒精造成的。

半小時後，吳文政一身是傷，在籠罩著霧氣的路上一面走一面哭。他看著路旁邊一支公共電話，就把皮夾子內，那張中心發給他的新兵申訴卡拿出來。半夜兩點半，他打了一個080的免付費電話，電話那頭是國防部一位值勤的少校軍官。他向少校報

死，伊卜申訴。兩分鐘後，放假 e 師長值厝裏夆叫起床；三分鐘後，是旅長；四分鐘後，是營長；五分鐘後，是留守 e 連長；六分鐘後，營區 e 所有電火灼起來；七分鐘後，全營猶底放假 e 軍官幹部接著電話命令，即刻收假；八分鐘後，留守阿兵哥值營集合場集合，徛做四排點名。應該夠位 e 是 38 個，扣掉 4 個擔上哨，即馬存 33 個，其中有 4 個擔落哨，阿另外 29 個猶未精神。

彼暝營上每一個清醒過來 e 人所講 e 第一句話，攏是：「吳文政和劉武雄這兩個死王八蛋！」

輔導長 e 面會

是，確實，我道是即兩個人 e 輔 e。阮預官算梯數 e 方式合阿兵哥無全，不過，有一點我會使確定：我比吳文政閣卡菜。我落部隊彼工，是申訴案件發生 e 第三工，也道是禮拜一。吳文政合劉武雄攏已經夆寄關值師部 e 禁閉室。雖然頭前幾段所寫 e，我無親目睭看著，不過，我有未少資料通參考。其中有一部份是殷兩個人 e 筆錄；一部份是留守人員 e 筆錄；一部份是營上官士兵 e 講法；一部份是兩百外本莒光作文簿所洩漏出來 e 線索；另外一部份 e 資料，頂面有「機密」兩字，我無方便透露。

我報到彼工，營上 e 氣氛眞歹，壓力足重，聽講暝夠日攏有師部派來 e 參謀督導，恐怖殺手級 e 師長嘛已經來過幾咯擺，位官夠兵，逐個人攏想卜給殷兩個拆吃落腹。營輔 e 馬上叫我過，

告，說他是 1778 梯的二兵，在外面被一個 1771 梯的一兵揍得半死，他要申訴。兩分鐘後，放假的師長在家裏被叫起床；三分鐘後，是旅長；四分鐘後，是營長；五分鐘後，是留守的連長；六分鐘後，營區的所有電燈亮起來了；七分鐘後，全營還在放假的軍官幹部接到了電話命令，即刻收假；八分鐘後，留守阿兵哥們在營集合場集合，站成了四排點名。應該到位的是 38 個，扣掉 4 個剛上哨，現在剩 33 個，其中有 4 個剛下哨，而另外 29 個還沒清醒。

那晚營上每一個清醒過來的人所說的第一句話，都是：「吳文政和劉武雄這兩個死王八蛋！」

輔導長的面會

是，確實，我就是這兩個人的輔仔。我們預官算梯數的方式和阿兵哥不同，不過，有一點我可以確定：我比吳文政還菜。我下部隊那天，是申訴案件發生的第三天，也就是禮拜一。吳文政和劉武雄都已經被寄關在師部的禁閉室。雖然前面幾段所寫的，我未親眼目睹，不過，我有不少資料可供參考。其中有一部份是他們兩個人的筆錄；一部份是留守人員的筆錄；一部份是營上官士兵的講法；一部份是兩百多本莒光作文簿所洩漏出來的線索；另外一部份的資料，上頭有「機密」二字，我不方便透露。

我報到那天，營上的氣氛很差，壓力很重，聽說日日夜夜都有師部派來的參謀督導，恐怖殺手級的師長也已經來了幾次，從官到兵，每個人都想要將他們兩個吃進肚裡。營輔仔馬上叫我過

伊將一疊資料捭予我，講頂頭已經決定，卜給劉武雄送轉去明德班管訓三個月，吳文政禁閉一個月。營輔e要我整理文件。我發現吳文政有吸安e案底，吸安晉前是一個高職汽車修理科e學生，不過，嘸知是啥原因夆退學。隔日，我將資料準備好，一個人踏烏篤拜去夠師部送簽文，順續去禁閉室看殷兩個。我先值一片大鐵門e後面見著室長，伊是早我一期e預官。我問殷兩個人e情形，室長講，目前攏眞聽話，無啥物問題，吳文政身軀有傷，醫官有來看過，無要緊。

　　我先見過劉武雄，然後，道合吳文政見面。我坐值會客室等伊，靴是一個陰暗e角落，位眞細縫e窗仔看出去，是密密匝匝[chat]e鐵絲網，鐵絲網後面看會著藍色e天。空氣中有屎尿合消毒水濫濫做伙e怪味。警衛兵送兩杯茶入來，囥值鐵皮桌仔頂懸。等無外久，吳文政道值門口喝：「禁閉生吳文政請示進入！」我請伊入來。伊生著確實細粒籽，腳手攏短，頭嘛足細粒。伊e鼻仔督督，有兩蕾尖尖翹懸e丹鳳眼。我講我是新來e輔e，伊用部隊標準e口氣講：「輔導長好！」

　　其實伊無啥要講話，我問伊話，大部分干擔點頭合搖頭，無啥卜應。我問伊身軀e傷咁有要緊，伊搖頭；我問伊值禁閉室咁會堪得，伊點頭；我問伊代誌e經過，伊講筆錄攏有；我問伊厝裏有誰，伊講老爸老母，伊是大子，伊閣有一個小弟；我問伊是安怎卜安呢做，伊激一個不服e眼神，嘴唇咬咧，夯頭看天棚，閣搖頭。續落來e兩分鐘，嘸管我問伊啥，伊一直恬恬嘸講話。我只好講我卜走啊。

去，他將一疊資料丟給我，說上頭已經決定，要將劉武雄送回去明德班管訓三個月，吳文政禁閉一個月。營輔仔要我整理文件。我發現吳文政有吸安的前科，吸安之前是一個高職汽車修理科的學生，不過，不知道什麼原因被退學。隔天，我將資料準備好，一個人騎摩托車到師部送簽文，順便去禁閉室看他們兩個。我先在一片大鐵門的後面看見室長，他是早我一期的預官。我問他們兩個人的情形，室長說，目前都很聽話，沒什麼問題，吳文政身上有傷，醫官來看過，不要緊。

我先見過劉武雄，然後，就和吳文政見面。我坐在會客室等他，那裏是一個陰暗的角落，從狹窄的窗戶望出去，是緊密的鐵絲網，鐵絲網後面看得見藍色的天空。空氣中有屎尿和消毒水和在一起的怪味道。警衛兵送兩杯茶水進來，放在鐵皮桌子上。等不久，吳文政就在門口喊：「禁閉生吳文政請示進入！」我請他進來。他長得確實瘦小，手腳都短，頭也很小。他的鼻子高挺，有一雙尖尖高翹的丹鳳眼。我說我是新來的輔仔，他用部隊標準的口氣說：「輔導長好！」

其實他不太愛講話，我問他話，他大部分只是點頭和搖頭，不太想回答。我問他身上的傷是否要緊，他搖頭；我問他在禁閉室受得住嗎，他點頭；我問他事情的經過，他說筆錄都有；我問他家裏有誰，他說爸爸媽媽，他是長子，他還有一個小弟；我問他為什麼要這麼做，他扳起一個不服的眼神，嘴唇咬著，抬頭看天花板，又搖頭。接下來的兩分鐘，不管我問他什麼，他一直安靜不講話。我只好說我要走了。

值我徛起來 e 時陣，伊雄雄開嘴：「輔 e，我咁會爭判軍法？」我講：「未。無意外，是禁閉三十工。」伊 e 面出現失望 e 表情，予我感覺真驚奇。

閣過兩日，師部 e 文簽落來，營長派我押車送劉武雄去明德班；吳文政禁閉三十工確定。

續落我逐禮拜值禁閉室合吳文政見面，不過，除了伊愈來愈 san²，情形差不多攏仝款。一直夠禁閉卜結束 e 前幾工，伊才卡想卜講話。

我會記伊給我講：「輔 e，我希望永遠莫閣轉去部隊。」

我問伊是安怎。

伊講：「輔 e，我會驚……」

彼禮拜 e 莒光作文簿，有一個營上卜退伍 e 阿兵哥寫講：「這段日子整個營快翻掉了，天天有督導，我們被兩個人整得很慘，報告輔導長，你知道我說的是誰。」

預感正確

吳文政 e 預感是正確 e，伊轉來部隊比伊留值禁閉室卡艱苦。即攏伊已經失去靠山，劉武雄閣值明德班管訓，而且，過去合劉武雄做伙 e 彼掛，現此時攏將伊當作冤仇人。我值營集合場明白警告，講該處罰 e 攏處罰啊，不准部隊內面有任何報復 e 代誌發生，嘸過我嘛瞭解，這無一定有效。過年前一個月，抑道是吳文政轉來部隊 e 第二工，我發現伊 e 倒爿目睭邊仔烏青，親像掛烏框目鏡。我知影有人給打，嘸過當我問伊，伊頭偃偃，無意

在我站起來的時候，他突然開口：「輔仔，我會被判軍法嗎？」我說：「不會。沒意外，是禁閉三十天。」他的臉上出現失望的表情，讓我感覺很驚奇。

再過兩日，師部的文簽下來，營長派我押車送劉武雄去明德班；吳文政禁閉三十天確定。

接著我每個禮拜在禁閉室和吳文政見面，不過，除了他愈來愈瘦，情形差不多都一樣。一直到禁閉要結束的前幾天，他才比較想要講話。

我記得他告訴我：「輔仔，我希望永遠別再回去部隊。」

我問他爲什麼。

他說：「輔仔，我會怕……」

那禮拜的莒光作文簿，有一個營上要退伍的阿兵哥寫道：「這段日子整個營快翻掉了，天天有督導，我們被兩個人整得很慘，報告輔導長，你知道我說的是誰。」

預感正確

吳文政的預感是正確的，他回來部隊比他留在禁閉室還艱苦。這次他已經失去靠山，劉武雄還在明德班管訓，而且，過去和劉武雄一起混的那一夥，現在都當他是仇人。我在營集合場明白警告，說該處罰的都處罰了，不准部隊裏面有任何報復的事情發生，不過我也瞭解，這不一定有效。過年前一個月，也就是吳文政回來部隊的第二天，我發現他的左邊眼睛旁邊淤青，像是戴著黑框眼鏡。我知道有人打他，不過當我問他時，他頭低低地，

仔講伊無細膩跋倒，去叩著磚仔角。我私底下問足濟人，攏無人卜講，加加是嗯[nauh]一句：「啊！若伊夆修理，應該。」即馬，部隊所有 e 阿兵哥攏公開講伊是「無路用 e 臭矮仔材」，通人嫌。連長派伊去車場做空課，伊一日夠暗憨神憨神，坐值車場邊仔彼欉樹仔腳吃薰，結果去予營長看著。營長給罵，問伊咁是打算閣卜去關禁閉。伊講：「**報告是！**」營長氣加頭殼蒸[chheng³]煙，叫我去問。我拜託營長閣予伊一寡時間適應，同時將我所知影 e 給營長講。營長憂頭結面，給我交代：「**不能讓他逃兵，知道嗎？要不然，我們就更黑了。**」我講：「**報告營長，我知道。**」

　　坦白講，我所看著 e 即個軟稚 e 吳文政，合所有檔案內面彼個歹嗆嗆 e 吳文政，是兩個人。伊兩蕊目睭全無光彩，干那卜火化去。伊孤立值兩百人 e 部隊之外，除了操課 e 時間有必要，無人卜合伊講話。我值餐廳觀察，伊無啥吃飯，等候值星官一喝落餐廳 e 命令，道一個人恬恬離開。我驚伊自殺，只好派一個士官啥物代誌攏免做，暝日顧值伊 e 身軀邊，而且要求伊，逐工卜睏晉前，來我 e 房間揣我。我給講，有啥物代誌，若我會使鬥相共，我願意盡量幫助伊。伊一開始無啥物表示，夠第三工，才給我講：「輔 e，我咁會使九點半以後才洗身軀？」我當然知影九點半是部隊就寢 e 時間，嘸過，我答應伊。部隊就寢了後，浴間 e 黃色電火被打灼，無外久，我道聽見水聲。

　　吳文政身軀洗好閣來房間揣我，我請伊坐，請伊吃薰。伊 e 面已經卡輕鬆。伊將薰點灼，給我講：「輔 e，我講，阿你莫受氣。」

不在意似的說他不小心跌倒，去撞上了磚頭。我私底下問很多人，都沒人要說，頂多是噓了一句：「啊！若他被修理，應該的。」這下，部隊所有的阿兵哥都公開稱他是「無路用的臭矮仔材」，每個人都嫌棄他。連長派他去車場工作，他一天到晚發著呆，坐在車場邊那棵樹下抽菸，結果被營長看見。營長罵他，問他是不是打算要再去關禁閉。他說：「報告是！」營長氣得頭頂冒煙，叫我去問。我拜託營長再給他一點時間適應，同時將我所知道的告訴營長。營長滿臉愁容，交代我：「不能讓他逃兵，知道嗎？要不然，我們就更黑了。」我說：「報告營長，我知道。」

坦白說，我所看見的這個軟弱的吳文政，和所有檔案裏面那個凶神惡煞的吳文政，判若兩人。他一雙眼睛全無光彩，像是要滅的火花。他孤立在兩百人的部隊之外，除了操課的時間有必要，無人要和他講話。我在餐廳觀察，他不太吃飯，等到值星官一喊下餐廳的命令，就一個人靜靜離開。我怕他自殺，只好派一個士官什麼事都不用做，日夜在他身邊看著他，而且要求他，每天睡前，來我的房間找我。我告訴他，有什麼事，若我可以幫忙，我願意盡量幫助他。他一開始沒什麼表示，到第三天，才告訴我：「輔仔，我可以九點半以後才洗澡嗎？」我當然知道九點半是部隊就寢的時間，不過，我答應他。部隊就寢後，浴室的黃色電燈被打開，沒多久，我就聽見水聲。

吳文政洗好澡又來房間找我，我請他坐，請他抽菸。他的臉已經比較輕鬆。他將菸點著，告訴我：「輔仔，我說，但你別生氣。」

　　我講：「有啥物話做你講。」

　　伊頓 teN 一下，問我：「輔 e，我咁會使調單位，值遮我活未落。」

　　我講：「我會替你爭取，嘸過，你要答應我，未使閣出代誌。」

　　伊頭偃低，講：「我知。」

　　然後我合伊開講。吳文政講伊 e 老爸值高屏溪邊開一間螺絲工廠，自從吳文政 16 歲離家出走，伊道無承認即個後生。吳文政有一個小弟，吳文政的老爸捌給殷老母講：「佳哉，咱猶有一個。」吳文政 e 小弟減伊一歲，是某一間國立五專 e 高材生……

　　伊恬一下仔，雄雄向我提起彼個叫阿如 e 查某囡仔。伊講阿如是伊高職一年 e 同學，生著 lo³ 腳 lo³ 手，真媠。「阿如愛蹉跎，彼時，我牽一台追風 125 e，彼台武車你知乎？絞外緊咧！我載她上山落海，她給我攬外按咧……」

　　「你講。」

　　「結果，她予阮班另外一個查甫把 [phaN⁷] 去，彼個查甫嘛踏一台追風 e……伊身懸 185 公分，是籃球校隊，漢草足好。無像我，遮矮。」

　　「所以你故意嘸讀冊，予學校退學。」

　　「輔 e，你哪會知？」

　　「我當然嘛知。我嘛失戀過。而且我給你講，即個世間嘸干擔矮人會失戀，NBA 兩百公分 e 選手嘛會失戀，你哪道因為矮來自卑？」

我說：「有什麼話你儘管講。」

他遲疑一下，問我：「輔仔，我可以調單位嗎？在這裏我活不下去。」

我說：「我會替你爭取，不過，你要答應我，不能再出事。」

他低下頭，說：「我知道。」

之後我和他聊天。吳文政說他的老爸在高屏溪畔開了一間螺絲工廠，自從吳文政 16 歲離家出走，他就不承認這個兒子。吳文政有一個弟弟，吳文政的爸爸曾經告訴他的媽媽說：「幸好，我們還有一個。」吳文政的弟弟少他一歲，是某一間國立五專的高材生⋯⋯

他沈默了一下，突然向我提起那個叫做阿如的女孩。他說阿如是他高職一年級的同學，長得高挑，很漂亮。「阿如愛玩，那時候，我買了一輛追風 125，那輛武車你知道吧？飆多快啊！我載她上山下海，她抱著我多緊啊⋯⋯」

「你說。」

「結果，她被我們班另外一個男孩子追走了，那個男孩子也騎一輛追風⋯⋯他身高 185 公分，是籃球校隊，體格很好。不像我，這麼矮。」

「所以你故意不讀書，讓學校退學。」

「輔仔，你怎麼知道？」

「我當然知道。我也失戀過。而且我告訴你，這個世界不止矮人會失戀，NBA 兩百公分的選手也會失戀，你何必因為矮而自卑？」

「輔e，連你嘛失戀過？」

「當然。」我講。

伊想足久，講：「輔e，你e話可能有道理，嘸過……」

伊恬恬底想，表情痛苦。

伊閣坐一下仔，道講伊卜轉去睏，最後有一件代誌卜問我。

「做你問。」

「我即禮拜咁有放假？輔e，我想卜轉去看阮老母，我聽講她人無啥爽快。」

「你本底道會放假，我會請恁厝裏e人來接你。不過，你要向我保證，會準時收假。」

伊點頭，然後離開。

彼暝寒流夠位，營區非常肅靜，只存一陣一陣e蟋蟀仔聲。我行出房間，夯頭，看見值樹葉e陰影合營舍e厝瓦之間，有一粒火紅色e星值深藍色e夜空閃熠。

媽媽 e 目屎

吳文政殷厝離營區無外遠，差不多二十幾公里，拄好值師部附近e井腳村。我知影有一條小路，硼[peng²]過一個小山崙仔道夠。吳文政放假晉前，我敲電話去殷厝，是殷老爸聽e，我請伊來接吳文政放假。殷老爸一個土公性，真無客氣道給我講：「輔e，恁部隊放伊出來卜創啥？我無即個子啦！你給講，叫伊死死咧，永遠莫轉來！」

「輔仔，連你也失戀過？」

「當然。」我說。

他想很久，說：「輔仔，你的話可能有道理，不過⋯⋯」

他陷入沈思，表情痛苦。

他又坐了一下子，就說他要回去睡了，最後有一件事要問我。

「你問吧。」

「我這禮拜有放假嗎？輔仔，我想要回去看我媽媽，我聽說她身體不太舒服。」

「你本來就會放假，我會請你們家裏的人來接你。不過，你要向我保證，會準時收假。」

他點頭，然後離開。

那一夜寒流來了，營區非常肅靜，只剩下一陣一陣的蟋蟀聲。我走出房間，抬頭，看見在樹葉的陰影和營舍的厝瓦之間，有一顆火紅色的星在深藍色的夜空閃爍。

媽媽的眼淚

吳文政他家離營區沒多遠，差不多二十幾公里，正好在師部附近的井腳村。我知道有一條小路，翻過一個小山崙就到了。吳文政放假前，我打電話去他家裏，是他的爸爸聽的，我請他來接吳文政放假。他的爸爸脾氣率直，很不客氣地告訴我：「輔仔，你們部隊放他出來要幹啥？我沒這個兒子啦！你告訴他，叫他去死，永遠別回來！」

「阿伯！你哪會安呢講話，子是你 e 呢！」

「返你底講 e 啦！我無承認啦！」

我閣卜講，發現電話已經轉去一個查某人 e 手裏。對方大氣喘未離，講：「你是輔 e 喔？我是吳文政 e 媽媽啦！」

我講：「阿姆！拜託妳來接吳文政轉去，伊今仔日下晡四點半放假。」

她講好。

彼下晡四點半，我合吳文政來夠營區 e 大門。我看著一個差不多四五十歲矮篤矮篤 e 婦仁人底合衛兵講話。吳文政講返道是殷老母。阮行過，婦仁人將吳文政 e 手握按，一個目箍紅貢貢，身軀幹過來一直向我行禮。

「阿姆，拜託妳禮拜日盈暗收假晉前，將吳文政取轉來。」

她講好。我看殷母仔子兩個，值甘蔗園邊 e 馬路款款行遠去。

針對吳文政，我 e 心內已經開始感覺有希望。不過，落尾 e 事實證明，我 e 感覺來得傷早。

彼禮拜我嘛放假，禮拜日下晡，我值厝裏接著部隊 e 電話。

「報告輔導長！吳文政的母親打電話來，說有急事找你，請你回電。」

我請安全士官將吳文政厝裏 e 電話號碼唸予我，然後我敲過。

吳文政 e 媽媽講，吳文政前一暝合殷老爸相罵，幹咧道出去，猶未轉來，她講卜收假啊，她足煩惱 e。我看勢面嘸對，提

「阿伯！你怎麼這樣講話，兒子是你的呢！」

「這是你講的啦！我不承認啦！」

我還要說，發現電話已經交在一個婦人的手裏。對方上氣不接下氣，說：「你是輔仔喔？我是吳文政的媽媽啦！」

我說：「伯母！拜託妳來接吳文政回去，他今天下午四點半放假。」

她說好。

那天下午四點半，我和吳文政來到營區的大門。我看見一個差不多四五十歲矮矮壯壯的婦人，正和衛兵講話。吳文政說那就是他媽媽。我們走過去，婦人將吳文政的手握緊，眼眶紅通通地，身子轉過來一直向我行禮。

「伯母，拜託妳禮拜日晚上收假前，將吳文政帶回來。」

她說好、好。我看著他們母子兩個，在甘蔗園邊的馬路上緩緩走遠了。

針對吳文政，我的內心已經開始感覺有希望。不過，後來的事實證明，我的感覺來得太早。

那禮拜我也放假，週日下午，我在家裏接到部隊的電話。

「報告輔導長！吳文政的母親打電話來，說有急事找你，請你回電。」

我請安全士官將吳文政家裏的電話號碼唸給我，然後我打過去。

吳文政的媽媽說，吳文政前一晚和他爸爸吵架，一轉身就出去了，還沒回來，她說要收假了，她很煩惱。我看情況不妙，提

早趕轉去部隊。我e手裏有一份吳文政e朋友e電話，一個一個給敲，結果無人看著伊e影跡。夠盈暗八點收假點名e時間，吳文政果然無出現。伊已經逾假。

我合留守e營長予旅長叫去旅長室罰徛。旅長氣加，一塊桌仔強卜予㤉破去。

旅長講：「輔導長，逃亡規定背給我聽！」

我背予聽。

伊講：「所以，離營通報什麼時候要發？」

我講：「最好明天早上八點以前。」

旅長吐一個大氣：「好罷！下去罷！該怎麼做就怎麼做！」伊揚[iat]一個手。

阮行出旅長室，營長交代落來，隔日早起八點晉前，將吳文政揣轉來，無道報伊逃亡。我烏篤拜踏咧，決定先位殷兜去。

夜風真寒。我經過沙沙叫e甘蔗園，來夠小鎮夜燈熠熠e街路。即條街路我定經過，猶原是車輛來來去去，靴呢啊鬧熱，嘸過，一想著吳文政青春e火焰道卜熄去，我雄雄感覺真稀微。我幹一個彎，入去另外一片e甘蔗園，無外久，道爬上彼個有滿山鳳梨e小山崙。值山崙頂我幹頭看，烏暗中，小鎮e燈火愈來愈遠，干那卜予夜風吹散去……

吳文政無值厝裏，伊e媽媽值我e面頭前一直哮。她問我：「輔e，阮文政仔若閣無揣著，會安怎？」

我講：「可能會判軍法，要關。」

我想未夠，即個可憐e婦仁人，啪一下，跪值我e面頭前，

早趕回部隊。我的手裏有一份吳文政的朋友的電話，一個一個打，結果沒有人看見他的影踪。到了晚上八點收假點名的時間，吳文政果然沒出現。他已經逾假了。

我和留守的營長被旅長叫到旅長室罰站。旅長很生氣，一張桌子快被他給敲破了。

旅長說：「輔導長，逃亡規定背給我聽！」

我背了。

他說：「所以，離營通報什麼時候要發？」

我講說：「最好明天早上八點以前。」

旅長大大嘆了口氣：「好罷！下去罷！該怎麼做就怎麼做！」他揮揮手。

我們走出旅長室，營長交代下來，隔天早上八點之前，將吳文政帶回來，不然就報他逃亡。我騎上摩托車，決定先往他家去。

晚風很冷。我經過沙沙響的甘蔗園，來到小鎮夜燈閃爍的街道。這街道我常經過，仍舊是來來往往的車輛，那麼熱鬧，不過，一想到吳文政青春的火焰就要熄滅了，我突然感覺很寂寥。我轉了個彎，進入了另外一片的甘蔗園，沒多久，就爬上那個有滿山鳳梨的小山崙。在山頂上我轉頭看，黑暗中，小鎮的燈火愈來愈遠，好似要被夜風吹散……

吳文政不在家裏，他的媽媽在我的面前一直哭著。她問我：「輔仔，我們家文政若再沒找到，會怎麼樣？」

我說：「可能會判軍法，要關。」

她講：「輔 e，我即個子，拜託你給救，拜託你給救……」

我緊給攏起來：「阿姆，我盡量，妳嘸通安呢。」

我感覺歸個目箍攏燒起來。

吳文政 e 老爸，雙手插胳，值邊仔一直恬恬無出聲。我講：「阿伯！拜託你親 chiang⁵ 五十聯絡看覓，無定揣會著。」伊用無要無緊 e 口氣講：「啊！睬睬伊去啊！關道予關啦！關看會清醒否？」不過，伊講遂猶是提電話起來敲。

大海摸針，我嘛知影我揣伊未著。吳文政 e 媽媽給我講幾若個所在，我一個一個去揣，攏揣無。夠半暝三點，我感覺真忝，準備卜放棄，道敲電話向營長報告。營長講：「**不用找了，這個王八蛋自己回來了。**」

我轉去夠部隊 e 時，已經無看著伊。聽講伊予旅長叫去問，結果酒醉，吐，吐加歸間旅長室臭辛辛[hiam]。旅長無第二句話，道喊伊 e 駕駛仔起床，叫連長押伊彼隻千六 CC e「小青蛙」座車，直接送吳文政入去禁閉室。這是吳文政 e 第二次禁閉，嘛是上尾一次。

彼暝我倒值眠床，眠未去。我 e 目睭一瞌起來，道看著吳文政殷媽媽 e 目屎，親像一陣落未停 e 雨……

第二次禁閉

無人願意擔責任，做過兵 e 人大概攏知影，這是部隊文化重要 e 一環。其實有時陣未使怪誰，有--寡責任，確實會予人重加

我想不到，這個可憐的婦人，啪一下，跪在我的面前，她說：「輔仔，我這個兒子，拜託你救他，拜託你救他……」

我趕緊攙她起來：「伯母，我會盡力，妳別這樣。」

我感覺整個眼眶都熱起來了。

吳文政的爸爸，雙手環抱胸前，在一旁一直靜靜沒出聲。我說：「阿伯！拜託你親朋好友聯絡看看，說不定找得到。」他用無關緊要的口吻說：「啊！任憑他去啊！關就給關啦！關看看能不能清醒？」不過，他講完還是拿電話起來打。

大海撈針，我也知道我找不到他。吳文政的媽媽告訴我幾個地方，我一個一個去找，都找不到。到了半夜三點，我感覺很累，準備要放棄，就打電話向營長報告。營長說：「不用找了，這個王八蛋自己回來了。」

我回到部隊的時候，已經沒看見他。聽說他被旅長叫去訊問，結果酒醉，嘔吐，吐得整間旅長室辛臭無比。旅長沒說第二句話，就喊他的駕駛起床，叫連長押他那輛千六 CC 的「小青蛙」座車，直接送吳文政進禁閉室。這是吳文政的第二次禁閉，也是最後一次。

那夜我躺在床上，睡不著。我的眼睛一閉上，就看見吳文政媽媽的眼淚，就像一場下不停的雨……

第二次禁閉

沒有人願意擔責任，當過兵的人大概都知道，這是部隊文化重要的一環。其實有時不能怪誰，有一些責任，確實會讓人重得

擔未起來；譬如講自殺。吳文政 e 第二次禁閉，比第一次驚險百倍，因為伊逐工用無全款 e 方式自殺，阿禁閉室 e 室長，我彼個可憐 e 預官學長，只好逐工合我聯絡，拜託我緊想辦法將吳文政取轉來。我逐工向營長報告，營長嘸准。我彼個可憐 e 預官學長道講，過年卜夠啊，師長下令，禁閉室盡量清空。伊威脅我：「你若嘸給取轉去，無你叫伊莫自殺，無，我道簽予師長，請伊決定。」我知影師長 e 個性，若照伊 e 個性，可能會想辦法將吳文政送軍法。我只好鼻仔摸咧，閣一擺去夠禁閉室。

吳文政 e 第二次禁閉，我已經去看伊幾若擺，情形比第一次卡歹，伊完全嘸講話，一粒頭扣壁扣加大孔細裂。彼擺去嘛是全款，我有嘴講加無瀾，伊道是嘸講話。我想著彼暝殷老母 e 目屎，閣看伊安呢，一腹火攏夯起來，道給嚷：

「吳仔文政，你若想卜死，我擋你未牢。」

伊無睬我。

「嘸過我給你講，你即個無路用 e 畚圾，你咁知影，收假彼工，你值外口飲加醉茫茫，恁媽媽安怎？」

伊繼續無睬我。

「恁媽媽哭加安呢，閣跪落呢！你知否？為著你，她跪落呢！」

伊身軀 tio[5] 一下，看我。啊！我嘸知影用激 e 竟然對伊有效，道繼續講：

「吳仔文政，若我是你，我絕對見笑死，你算啥物查甫子？人矮就無要緊，竟然予家己 e 老母為著家己跪落。對啦！若我是

擔不起；譬如說自殺。吳文政的第二次禁閉，比第一次驚險百倍，因為他每天用不同的方式自殺，而禁閉室的室長，我那個可憐的預官學長，只好每天和我聯絡，拜託我快點想辦法將吳文政帶回來。我每天向營長報告，營長不准。我那個可憐的預官學長就說，過年要到了，師長下令，禁閉室盡量清空。他威脅我：「你若不帶他回去，要不你叫他別自殺，不然，我就簽給師長，請他決定。」我知道師長的個性，若照他的個性，可能會想辦法將吳文政送軍法。我只好認了，再一次去到禁閉室。

吳文政的第二次禁閉，我已經去看他幾次了，情形比第一次還差，他完全不講話，一個頭撞牆撞得傷痕累累。那次去也是一樣，即便我說到口乾舌燥，他就是不講話。我想著那天晚上他的媽媽的眼淚，再看他這個樣，一肚子火都燒起來了，就對他嚷道：

「吳仔文政，你若想要死，我拉不住你。」

他不理我。

「不過我告訴你，你這個無路用的垃圾，你可知道，收假那天，你在外頭喝得醉醺醺的，你的媽媽怎麼了？」

他繼續不理我。

「你媽媽哭成這樣，還跪下呢！你知道嗎？為了你，她跪下呢！」

他的身子顫一下，看我。啊！我不知道用激將法居然對他有效，就繼續說：

「吳仔文政，若我是你，我絕對羞愧死，你算什麼男子漢？

你，我嘛要自殺啦！你算啥物查甫子？」

　　我罵逐停落來，問伊：「你有啥物話通講？」

　　伊歸個人攏憨去，親像一仙柴頭尪仔，過一下仔，伊仆值桌頂大哭。

結局，合一點補充

　　我知影，伊總算回魂。可惜，夠擔我猶嘸知影彼擺放假，伊走去叨，發生啥物代誌。

　　一直夠過年前，伊攏無閣自殺，營長命令我給取轉來，而且，叫伊逐工盈暗卜睏晉前，去我靴寫一篇悔過書。吳文政值悔過書頂懸，將伊入伍晉前 e 生活交代加真清楚，包括伊安怎合查某囡仔阿如熟識，安怎夆放捨，安怎夆退學，安怎蹉跎，安怎會吸安……等等等等。我若無閒，伊道恬恬家己寫，我若有閒，伊道合我開講。甚至伊坦白給我講吸安 e 各種方法，用燒瓶抑是插兩枝吸管 e 鋁箔包，攏講加真清楚。這前後有差不多個外月，我位伊靴瞭解未少物件。上重要 e 是，伊開始有笑容。

　　部隊 e 阿兵哥開始卜合伊講話。

　　幾個月後，因為精實案，國防部頒佈新命令，規定 158 公分以下 e 嘸免做兵，156 公分合 157 公分已經入伍 e 會使驗退。吳文政符合資格，減人做一多兵。伊卜走晉前，我陪伊行夠大門。伊講：「輔 e，我已經想著矮 e 好處。」「喔？」我看伊。伊繼續講：「以後有機會我會給你講。」我點頭。然後伊講伊卜去修理車

人長得矮又沒關係，竟然讓自己的母親爲了自己跪下了。對啦！
若我是你，我也要自殺啦！你算什麼男子漢？」

我罵完停下來，問他：「你有什麼話好說？」

他整個人恍神了，像是一尊木頭偶像，過一下子，他趴在桌
上大哭起來。

結局，和一點補充

我知道，他總算回魂了。可惜，到現在我還不知道那次放
假，他去了哪裏，發生了什麼事。

一直到過年前，他都沒再自殺，營長命令我帶他回來，而
且，要他每天晚上睡覺前，去我那兒寫一篇悔過書。吳文政在悔
過書上，將他入伍前的生活交代得很清楚，包括他怎麼和女孩阿
如認識，怎麼被離棄，怎麼被退學，怎麼鬼混，怎麼會吸安……
等等等等。我若沒空的時候，他就安靜地自己寫著，我若有空，
他就和我聊天。甚至他坦白告訴我吸安的各種方法，用燒瓶還是
插兩枝吸管的鋁箔包，都講得很清楚。這前後有差不多一個多
月，我從他那裏瞭解了不少東西。最重要的是，他開始有笑容。

部隊的阿兵哥開始要和他講話。

幾個月後，因爲精實案，國防部頒佈新命令，規定 158 公分
以下的不用當兵，156 公分和 157 公分已經入伍的則可以驗退。
吳文政符合資格，比別人少當一年兵。他要走前，我陪他走到大
門。他說：「輔仔，我已經想到了矮的好處。」「喔？」我看他。他
繼續說：「以後有機會我會告訴你。」我點頭。然後他說他要去修

場做空課，我若車歹去，會使去揣伊。我講多謝。即擺當然嘸免殷媽媽來取，伊向我講再會，家己一個行出去。我值門口看伊漸漸行遠去，日光之下，甘蔗葉仔隨風搖擺，空氣中有一陣甜甜 e 甘蔗味……

　　　　※　　　　　※　　　　　※

　　值遮，我閣補充一點，後來有一工，我去鳳山彼間卡拉 OK 唱歌，拄好見著麗娜小姐本人。我向她問起吳文政 e 代誌。她講，值吳文政猶未做兵晉前，殷道熟識，而且，只要吳文政一飲酒，道會對她講彼套全款 e 話。麗娜小姐講，她年紀比吳文政卡大，一直將伊當作小弟底照顧；她眞同情吳文政，因爲殷攏是捌夆放捨 e 人。麗娜小姐向我證實，吳文政 e 彼個無緣 e 阿如，是伊 e 同學，落尾離開吳文政，合一個查甫囝仔做伙；道親像吳文政給我講 e。我眞感謝麗娜小姐 e 寶貴意見，她是一個美麗閣善良 e 姑娘。

——2002/3/10 作

車場做事，我若車壞了，可以去找他。我說多謝。這次當然不必
他媽媽來帶了，他向我說再會，自己一個人走出去。我在門口看
他漸漸走遠，日光之下，甘蔗葉子隨風搖擺，空氣中有一陣甜甜
的甘蔗味⋯⋯

　　　　※　　　　　※　　　　　※

　　在這兒，我再補充一點，後來有一天，我去鳳山那間卡拉
OK 唱歌，正好見著了麗娜小姐本人。我向他問起吳文政的事。
她說，在吳文政還未當兵以前，他們就熟識，而且，只要吳文政
一喝酒，就會對她講一樣的那套話。麗娜小姐說，她的年紀比吳
文政還大，一直視他為小弟照顧他；他很同情吳文政，因為他們
都是曾被離棄的人。麗娜小姐向我證實，吳文政的那個無緣的阿
如，是他的同學，之後離開吳文政，和一個男孩子在一起；一如
吳文政所告訴我的。我很感謝麗娜小姐的寶貴意見，她是一位美
麗又善良的姑娘。

　　　　　　　　　　　　　　　　　　　　　　——2002/3/10

[台語]

貓語、烏布合貓 e 民族

　　彼個鐵籠仔猶摒值私人動物園 e 牆仔角。過去，是一隻老貓關值鐵籠仔內底，是一隻五千外歲 e 貓。有眞濟人知影，伊聽有人話，閣會曉講，甚至值某一方面，講得比任何一個大學生閣卡好；無人敢反對伊是一個出色 e 演說家！

　　當然動物園彼個所在，是無啥可能關貓 e，大多數 e 人去靴，是爲著卜看虎、看豹、看獅；「會講話 e 貓？」殷晃頭：「你有講重擔[teng⁵-taN⁵]否？」一起先確實是安呢，無人卜信；嘛拘彼日，貓 e 主人值動物園門口，提放送頭將伊錄落來 e 貓語放送出來，遂造成了轟動，動物園一下晡擠入去十萬外人。

　　逐個人攏卜去聽貓講話。

　　即隻貓底講話其實合咱差無外濟，只不過，伊 e 口氣有淡薄仔像外國人，而且咬字難免閣有未少嘶煞叫 e 尾聲，所以一開始你可能未去注意。我相信大多數 e 人，干擔會給伊當作是一隻普通 e 貓，就算你雄雄聽出來伊會講話，加加，是給當作評別隻卡巧爾爾，參足濟學人講話 e 九官鳥全款，會曉三兩句人話，無啥物了不起。不過，事實上無遮簡單。可能無斟酌聽過 e 人是未知影 e，伊 e 聲調內面有驚人 e 氣力：值伊 miou-oh miou-oh 叫 e 貓語內底，有時陣憤慨激動，充滿著生物本能 e 野性；有時陣

[華語]

貓語、黑布和貓的民族

　　那個鐵籠子還丟在私人動物園的牆角。過去,是一隻老貓關在鐵籠子內,是一隻五千多歲的貓。有很多人知道,牠聽得懂人話,而且還會講,甚至在某一方面,講得比任何一個大學生還好;沒人敢反對牠是一個出色的演說家!

　　當然動物園那個地方,是不太可能關貓的,大多數的人去那兒,是為著要看虎、看豹、看獅子;「會講話的貓?」他們搖搖頭:「你有沒有搞錯?」一開始確實是這樣,沒人要相信;不過那天,貓的主人在動物園門口,用廣播器將他錄下來的貓語播放出來,竟造成了轟動,動物園一下午擠進了十萬多人。

　　每個人都要去聽貓講話。

　　這隻貓講話其實和我們差不太多,只不過,牠的口氣有點像外國人,而且咬字難免還有不少嘶然叫的尾聲,所以一開始你可能不會去注意。我相信大多數的人,只會把牠當成是一隻普通的貓,就算你突然聽出來牠會講話,頂多,是認為比別隻聰明一點罷了,和很多學人講話的九官鳥一樣,會三兩句人話,沒啥麼了不起。不過,事實上沒那麼簡單。可能沒仔細聽過的人是不知道的,牠的聲調裏面有驚人的能量:在牠喵喵叫的貓語裏頭,有時憤慨激動,充滿著生物本能的野性;有時無比溫柔,彷若溪水輕

無比溫柔，親像溪水輕聲細說流過溪埔 e 歌詩；有時，閣笑頭笑尾，親像卜給過去 e 歡喜、驕傲完全展示出來；伊歡喜，聽 e 人就綴伊歡喜，伊受氣，聽 e 人就綴伊受氣，遂一下手鑽入你 e 耳孔，位靴，卜給你歸身軀 e 神經線齊揪作伙。這其中，當然嘛包括著未少你對貓所代表悠久 e 貓族智慧彼款無邊 e 欣羨。咱 e 生活無聊，一工度過一工，耳孔所聽攏是生活艱苦 e 聲調、愛情 e 失落、空課 e 失志、家庭重擔 e 挑戰……無人想會到，竟然值一隻貓 e 嘴裏，咱會凍聽著未來生活 e 全部趣味。流 thoaN[3] 值空氣內底 e 貓語，用伊充滿著動物本性 e 熱情、以及給所有虛假語言踏值腳底 e 自然聲說，值來來去去 e 人聲、車聲、機械聲內底流 thoaN[3]，聽起來道是上天 e 恩造，未輸絞螺仔，卜給咱人生 e 海湧攏總絞入去。無 noh！返已經未使閣講是一款語言而已，返已經算是萬物生存 e 唯一真理！值遮，我無法度用貓語給彼段錄音寫出來，不而過，用咱 e 話大約翻譯幾句，差不多是安呢：「我活過 50 個世紀，恁聽予清楚，是 50 世紀，嘸是 50 工。但是恁要知影，這 50 個世紀，對阮貓族來講，也只不過是目一睨。我看人無數，行過世間所有 e 山頭、每一個國家。我卜睏就睏，卜醒就醒，飫就食肉，嘴焦飲水，完全是自由自在；無親像恁！唉，我實在替恁感覺可憐，枉費啥物萬物之靈，恁 e 生活到旦 [taN]，其實猶贏一隻老鼠無外濟……」晉回想起來，伊講 e 確實有影無嘸著；咱 e 生活（我講咱，咱 e 民族），確實是贏一隻老鼠無外濟。因為安呢，總講一句，彼隻貓所 chhoa[7] 來 e，嘸干擔是動物奇談彼款 e 故事，自頭道是對咱過去一工一工罔度罔度

聲細語流過溪畔的詩歌；有時充滿歡笑，像是要把過去的歡喜、驕傲完全展示出來；牠歡喜，聽的人就跟著牠歡喜，牠生氣，聽的人就跟著牠生氣，竟一下子鑽進了你的耳朵，從那裏，要將你全身的神經都拉在一塊兒。這其中，當然也包括著不少你對貓所代表的悠久的那貓族智慧無邊的欣羨。我們的生活無聊，一天度過一天，耳朵所聽都是生活艱苦的聲調、愛情的失落、工作的喪志、家庭重擔的挑戰……沒有人想到，竟然在一隻貓的嘴裏，我們能聽到未來生活的全部趣味。瀰漫在空氣裏的貓語，用牠充滿著動物本性的熱情、以及將所有虛假語言踏在腳底的自然語調，在來來往往的人聲、車聲、機械聲之間漫延，聽起來就是上天的恩造，彷彿龍捲風似的，要將我們人生的海浪都捲進去。不！那已經不能再說是一種語言而已了，那已經算是萬物生存的唯一真理！在這兒，我無法用貓語將那段錄音寫出來，不過，用我們的話大約翻譯幾句，差不多是這樣：「我活過 50 個世紀，你們聽清楚吧，是 50 世紀，不是 50 天。但是你們要知道，這 50 個世紀，對我們貓族來說，也只不過是一眨眼。我閱人無數，行過世間所有的山頭、每一個國家。我要睡就睡，要醒就醒，餓就吃肉，口渴喝水，完全是自由自在；不像你們！唉，我實在替你們感覺可憐，枉費什麼萬物之靈，你們的生活到現在，其實還是不比一隻老鼠好多少……」現在回想起來，牠講的確實沒錯；我們的生活(我說我們，我們的民族)，確實是不比一隻老鼠好多少。因為這樣，總說一句，那隻貓所帶來的，不單是動物奇談那樣的故事，從一開始就是對我們過去一天一天得過且過的那種生活方

彼款生活方式 e 大衝擊。

　　動物園 e 主人，若嘸是合咱即隻貓全款有智慧，上無伊嘛眞有眼識，會使值茫茫貓海中間，給咱即隻貓揣出來。晉前有講著，雖然伊會講話，但初初若無斟酌聽是啥人會去注意？伊是位叨給咱即隻貓揣出來 e？目前無人證實，聽講是主人值啥物時機拄好救伊一命，詳細 e 情形除了動物園主人無人知影；嘸拘，對即個主人來講，這無重要；重要 e 是，即隻貓替伊趁著世界性 e 名聲，差不多國際各地 e 學者，攏因此承認，伊是研究貓族 e 第一專家。

　　當然，自彼擺貓語 e 錄音開始流 thoaN³，國際動物學家合語言學家聽著消息了後，就千里迢迢趕來。殷詳細研究過，想卜位伊 e 語言內底分析伊發聲 e 特別技術；甚至行入去動物園，想卜位伊 e 話句內面，得著動物學界長久以來無法度得著 e、關係著貓族演進 e 答案；卡頂眞 e 動物學家更加想卜去剖開伊 e 嚨喉，來看覓仔是嘸是伊 e 嚨喉內底有啥物重大 e 生物秘密，是嘸是值一般貓仔 e 兩條聲帶之外，伊猶有第三條？另外 e 彼批語言學家，出發點就小可[sio khoah]無全，殷是卜位語言合動物自然叫聲之間 e 關係出發，去瞭解貓語形成 e 原理，閣進一步，來推算咱人類語言發展上初 e 階段——不而過，殷落尾攏失望轉去。就親像其他 e 人全款，殷發現干擔會使徛貓 e 鐵籠仔外口，恬恬聽伊講話，動物園 e 主人甚至連嵌籠仔 e 烏布道無願意掀起來。遮 e 學者，搬山過嶺，逐看無即隻貓一面，莫講閣卜做研究。籠仔內發出來 e 貓語，猶一直透過放送頭鑽入去殷 e 耳孔，

式的大衝擊。

　　動物園的主人，若非是和我們這隻貓一樣有智慧，至少他也真有眼識，能在茫茫貓海中，把這隻貓找出來。前面有提到，雖然牠會講話，但起初若非仔細聽，有誰會去注意呢？他是從哪兒找這隻貓出來的？目前無人證實，聽說是主人在什麼時機剛好救牠一命，詳細的情形除了動物園主人無人知道；不過，對這個主人來說，這不重要；重要的是，這隻貓為他賺得了世界性的名聲，差不多國際各地的學者，都因此承認，他是研究貓族的第一專家。

　　當然，自從那次貓語的錄音開始散播，國際動物學家和語言學家聽到消息後，就千里迢迢趕來。他們詳細研究過，想要從牠的語言裏面分析牠發聲的特別技術；甚至走進去動物園，想要從牠的語句裏面，得到動物學界長久以來無法獲知的、關於貓族演進的答案；較認真的動物學家更想要去剖開牠的喉嚨，來看看是不是牠的喉嚨內有什麼重大的生物秘密，是不是在一般貓的兩條聲帶之外，牠還有第三條？另外的那批語言學家，出發點就稍微不同，他們是要從語言和動物自然叫聲之間的關係出發，去瞭解貓語形成的原理，再進一步，來推算我們人類語言發展最初的階段──不過，他們最後都失望回去了。就像其他的人一樣，他們發現只能夠在貓的鐵籠子外，靜靜聽牠說話，動物園的主人甚至連蓋住籠子的黑布都不願意掀開。這些學者，翻山越嶺，竟見不上這隻貓一面，別提要做研究了。籠子內發出來的貓語，還一直透過播放器鑽入他們的耳朵，讓他們的心怦怦跳著，但是，什麼

予殷 e 心肝 phok-phok chhiak，但是，殷啥物道無法度做。上失望 e 可能是靴語言學家，值籠仔邊試卜合伊講話，竟然予即隻貓正 khau 倒削，罵加臭頭爛耳。殷捎伊無法，只好攏總放棄。

一直無卜予人看著貓 e 面，這是動物園主人最高段 e 所在。咱聽會著伊 e 聲，看未著伊 e 影，好閒 e 心理使得咱更加想卜去動物園聽看伊講啥。而且，逐個人攏想講，假使一工彼塊烏布若掀起來，咱無定道是全世界第一個看著 e 人。可能因為即個緣故，烏布顛倒一直嵌 leh。貓嘛知影籠仔外 e 人濟，就愈講愈有續、愈講愈精彩。伊位五千外多伊囡仔時代開始講起，講伊安怎接受動物界 e 考驗，四界流浪，安怎為著卜統治一粒山頭 e 貓母，來合其他 e 貓公冤家相打，等等 e 故事，順續嘛給全世界伊看過，曾經輝煌 e 各帝國興敗 e 故事，一層一層講出來。「無，應該講，恁人本底道是野獸。」伊出世 e 時，咱人猶綁樹葉做衫，一四界予野獸 jiok 底走，位伊 e 嘴講出來活跳跳親像昨昏才發生。另外，伊位個人理財講到事業經營，位社會福利講到政治政策，值靴呢長 e 性命內底，伊對咱人 e 世界確實有真深 e 理解；上重要 e 猶是伊 e 話內底有驚人 e 思想，伊對性命合生活 e 看法，是一種上簡單直接，卻是上歹做到 e 自然哲學，親像是整個宇宙上樸實、上絕對 e 真理，無人會使反抗。歸個動物園，掠彼個鐵籠仔做中心點，一工閣一工，透早透暗人擠滿滿，逐個親像底聽佛祖講經，無人敢喘大氣，而且，閣無人看著伊 e 身軀。是啊，「咁講一定要看著面卡會使瞭解一個人？『要看著才相信』，遮道是恁做人無力量 e 所在！」彼隻貓嘛安呢講。即句話嘛

都不能做。最失望的可能是那些語言學家了，在籠子邊試著要和牠說話，竟然被這隻貓左右開弓，罵得臭頭爛耳。他們拿牠沒辦法，只好通通放棄。

　　一直不讓人見著貓的臉，這是動物園主人最高段之處。我們聽得到牠的聲音，卻看不到牠的樣子，好奇的心理使得我們更加想要去動物園聽看看牠說了些什麼。而且，每個人都想著，假使一天那塊黑布掀開了，我們說不定就是全世界第一個看到的人了。可能因爲這個緣故，黑布反而一直蓋著。貓也知道籠子外的人多，就愈講愈起勁、愈講愈精彩。牠從五千多年前牠的孩提時代開始談起，談牠如何接受動物界的考驗，四處流浪，如何爲了要統治一個山頭的母貓，而和其他的公貓結冤打架，等等的故事，順便也將全世界牠所看過的，曾經輝煌的各帝國興敗的故事，一件一件講出來。「不，應該說，你們人本來就是野獸。」牠出生的時候，我們人還綁著樹葉爲衣，四處被野獸追著跑，從他的嘴裏講出來活蹦亂跳像是昨天才發生似的。另外，牠從個人理財談到事業經營，從社會福利談到政治政策，在這麼長的生命中，牠對我們人的世界確實有很深的理解；最重要的還是牠的話裏有驚人的思想，牠對生命和生活的看法，是一種最簡單直接，卻是最難達到的自然哲學，像是整個宇宙最樸實、最絕對的眞理，無人能反抗。整個動物園，以那個鐵籠子爲中心，一天又一天，從早到晚的人潮擠得滿滿，每個人像是在聽佛祖講經，沒人敢喘口大氣，況且還沒人看得著牠的身影哩。是啊，「難道說一定得見到面才能夠瞭解一個人？『要見到才相信』，這就是你們身

是無道理：咱咁嘸捌予假仙 e 惡人騙甲憨憨踅道因爲殷 e 好看
面？咱嘸是常在爲著一個歹看 e 面腔來誤會正港條直 e 好人？照
安呢講起來，假使看會著貓 e 面，咁道會凍保證對伊卡瞭解？伊
講 e 道理有卡深，不過，絕對會使聽看覓，親像伊一爿用腳
cham³ 鐵枝仔，一爿喝喊：「人性，道是快樂歡喜。道是關係著
人安怎吃人 e 全部道理，完全合阮貓族安怎吃老鼠 e 道理全款。
坦白講，恁 e 道理是給阮貓族學 e，貓吃老鼠，這道是萬物生存
e 大道理。」

　　就算看無伊 e 貓仔面，報紙爲著卜替咱 e 好閒服務，殷嘛是
想盡辦法，卜給貓 e 一切報導出來。對咱來講，嘸管消息位叨
來，總是會去相信，彼是咱接近眞理 e 唯一一條路。因爲報紙，
咱加減知影一寡；譬如講，伊安怎清氣性 [chheng khi² siuN³]，
安怎洗面梳頭抓 [giou³] 耳，安怎放屎 lak 尿，安怎值鐵籠仔內
底接受伊 e 主人(若照伊 e 講法是伊 e 嫺)奉待，一日吃三頓飽，
安怎三不五時享受掠老鼠 e 心適(遐老鼠是主人驚伊無聊，挑故
意囥入去鐵籠仔予逐 [jiok] e)，安怎用伊利刺刺 e 五爪，給靪
e 老鼠一隻一隻拆作肉醬落腹；閣包括著，伊安怎合一群嘛是特
別囥入去 e 貓母談情說愛、打種生子，安怎給逐隻貓母創加 kih
kai 叫……等等，咱 e 報紙一答 [tap] 一滴，攏寫甲清清楚楚。
一開始看無貓面，嚴格講起來，是予咱有卡濟 e 空間去臆、去
想、去作夢，位遮蜘蛛絲馬蹄跡 e 線索內底，給伊偉大、智慧 e
語言後壁充滿著天然趣味合野性 e 一面，一針一線 thiN⁷ 偎來。
　　關貓 e 鐵籠仔，眞緊就徙來值動物園彼塊上闊 e 空埕。風吹

爲人沒力量的地方！」那隻貓這麼說。這句話不是沒道理：我們
可不曾被僞善的惡人騙得團團轉，只因他們的漂亮臉蛋？我們不
是時常爲著一個難看的臉來誤會眞正正直的好人嗎？照這麼說，
假使我們看得到貓的臉，就能夠保證對牠比較瞭解嗎？牠講的道
理是深了點，不過，絕對可以聽看看，像是牠一面用腳踹著鐵
杆，一面喝喊著：「人性，就是快樂歡喜。就是關係著人怎麼吃
人的全部道理，完全和我們貓族怎麼吃老鼠的道理一樣。坦白
講，你們的道理是向我們貓族學的，貓吃老鼠，這就是萬物生存
的大道理。」

　　就算見不著牠的貓臉，報紙爲了要替我們的好奇服務，也是
想盡辦法，要把貓的一切報導出來。對我們來說，不管消息從哪
兒來，總是會去相信的，那是我們接近眞理的唯一一條路。因爲
報紙，我們多少知道一些；譬如說，牠如何愛乾淨，如何洗臉抓
頭搔耳朵，如何大便小解，如何在鐵籠子內接受牠的主人（若照
牠的講法是牠的僕人）侍奉，一天吃三頓飽餐，如何三不五時享
受捉老鼠的趣味（那老鼠是主人怕牠無聊，故意放進鐵籠子讓牠
追的），如何用牠銳利的五爪，將那些老鼠一隻一隻撕成肉醬塡
進肚子；還包括著，牠如何和一群也是特別放進裏頭的母貓談情
說愛、交配生子，如何將每隻母貓搞得吱嚓叫……等等，我們的
報紙一點一滴，都寫得淸淸楚楚。一開始看不見貓臉，嚴格講起
來，是給我們多點空間去猜、去想、去作夢，從這些蜘絲馬跡的
線索裏，把牠偉大、智慧的語言背後，充滿著天然趣味和野性的
一面，一針一線縫出來。

過，嵌值烏布內底面 e 鐵枝仔道一壟一壟浮刻出來，日頭金爍爍
e 光線打值頂頭，反照著赤目 e 烏金。隨著光線強弱合角度 e 變
化，有當時，咱會使值某一個方向 e 布嵌頂懸，發現親像是貓影
e 浮動，若有閣若無。來參觀 e 人一輪箍過一輪，確實，貓一目
䀴變作咱即個社會 e 大時行；貓 e 圖樣貼值逐項物件頂懸，閣有
十色百款 e 海報、畫册、bang²-kah、影片、蹉跎物仔等等，值
大街小巷四界賣；因爲無人看過，這一切攏是空思妄想出來 e。
但久來，逐家對即隻貓 e 形影漸漸有一寡一致 e 看法，差不多攏
有銀色發金 e 毛，威嚴 e 面，深邃若像卜燒 nah e 目睭。動物
園 e 主人變做電視訪問節目 e 特別來賓，即馬伊 e 身價暴升，凊
採一句話攏受著各種媒體關心，伊天地南北暢談話仙，大力推行
貓 e 哲學，有時陣閣會學貓 e 口氣講一兩句；伊成實是咱即個社
會 e 貓 e 專家。

　　干擔對著貓 e 面貌合身世，伊永遠保持神秘。

　　值所有時行物仔內底，錄音帶合特殊貓語發音相關 e 册可能
是影響上大 e 一種。用貓語講話有一種特別 e 趣味，起先是囡仔
給大人吵卜學，但眞緊，逐變成咱即個社會難得 e 學習風氣；即
馬，囡仔合囡仔之間使用粗淺 e 貓語講話已經無稀奇，值學校，
連老師就感覺無學未使。這是一種歹學特殊 e 發音，需要捲舌合
扭曲 e 嘴形，嚨喉嘛要做練習予聲帶小寡 pit 叉，閣未使 pit 加
傷離譜予人聽無，所以，街仔路開始有專業貓語速成班 e 看板栽
[chhai⁷]起來。另外，有册局向動物園代理發行第一套總共 120
集 e 貓語錄括錄音帶，堂堂上市，再版閣再版，干擔賣即套貓語

關著貓的鐵籠子，很快就移到了動物園那塊最寬闊的廣場。風吹過，蓋在黑布裏的鐵杆一道道浮刻出來，太陽亮晃晃的光線照在上頭，反射著刺眼的烏金色。隨著光線強弱和角度的變化，有時，我們能在某一個方向的布遮蓋上頭，發現像是貓影的浮動，若有似無。來參觀的人一圈繞過一圈，確實，貓一眨眼變成了我們這個社會的大風潮了；貓的圖樣貼在每樣東西上，還有各色各樣的海報、畫冊、卡通、影片、玩具等等，在大街小巷到處販賣；因為沒人看過，這一切都是空想出來的。但日子一久，大家對這隻貓的樣子漸漸有了些一致的看法，差不多都有銀色發亮的毛，威嚴的臉，深邃彷彿閃電的眼睛。動物園的主人變成電視訪問節目的特別來賓，現在他的身價暴漲，隨便一句話都受到各種媒體關心，他天地南北暢談閒聊，大力推行貓的哲學，有時還會學貓的口吻講個一兩句；他確實是我們這個社會的貓的專家了。

唯有對於貓的面貌和身世，他永遠保持神秘。

在所有流行的東西裏，錄音帶和特殊貓語發音相關的書本可能是影響最大的一種。用貓語講話有一種特別的趣味，起先是孩子們向大人吵著要學，但很快地，竟變成了我們這個社會難得的學習風氣；現在，孩子和孩子之間使用粗淺的貓語講話已經不稀奇，在學校，連老師都感覺不學不行了。這是一種難學特殊的發音，需要捲舌和扭曲的嘴形，喉嚨也要練習讓聲帶稍微分岔，還不能分岔得太離譜讓人聽不懂，所以，街上開始有專業貓語速成班的看板立起來。另外，有書店向動物園代理發行第一套總共

錄，就予一寡本底強卜關門 e 冊店死無去，閣活轉來重喘氣。

幾若多落來，因為貓，社會變做一款空前絕後 e 大繁榮，不過，彼塊烏布猶嵌牢牢。

為什麼彼塊烏布嘛掀起來咧？即馬，即個問題無重要，當然無需要知影。貓予咱險險無氣 e 社會充滿了生機，咁閣有需要知影烏布內底是啥？而且，當咱 e 頭殼內面已經相信一套貓 e 故事，包括伊 e 面容，嘛已經深深刻值咱 e 心肝底，咱咁猶有勇氣去加彼塊烏布掀起來，去接受伊 e 真面目？閣有，你聽即馬所有 e 人嘶煞叫講話，咱咁嘛是像一開始所向望 e，變成了一個貓 e 民族，咁講即隻貓猶有啥物特別通看 e？報紙漸漸改變口氣，殷講，貓是咱民族 e 先覺，咱應當尊重，莫去擾吵。

自安呢，咱雖然變做貓民族特殊 e 一脈，去動物園看貓 e 人顛倒愈來愈少，差不多強卜加放未記。

一直到有幾個保育團體代先發現問題，貓才重新予咱想著。殷發現，卡早人人討厭 e 老鼠，即馬遂揣無一隻，莫講是城市，就算值庄腳，卡早咱無物件通吃唯一 e 肉品田貉，嘛完全消失。亦道是講，咱即個所在 e 老鼠已經絕種。雖然老鼠予咱討厭，但是殷嘛算是一個物族，值遮絕種會造成生物鍊失調，其他 e 物族嘛會一項一項綴咧消失，未使講嘛是一件可怕 e 代誌。另外一批人才開始追查，發現即幾多落來，宰老鼠嘛變成咱 e 娛樂合慣習，尤其是囡仔之間，用宰老鼠來比評，問落才知影逐個囡仔身軀攏有一個數字，遮道是殷宰過外濟老鼠 e 數字。草埔邊、溝仔堀、廢棄 e 倉庫，疊滿滿攏是屍體；甚至保育學者發現，遮 e 屍

120 集的貓語錄包含錄音帶，堂堂上市，再版又再版，單是賣這套貓語錄，就讓一些本來快要關門的書店絕處逢生，又活了過來。

幾年下來，因為貓，社會演變成空前絕後的大繁榮，不過，那塊黑布還是緊緊遮蓋著。

為什麼那塊黑布不掀起來呢？現在，這個問題不重要，當然不需要知道。貓讓我們差點斷了氣的社會充滿生機，還有需要知道黑布裏是啥麼嗎？而且，當我們的腦袋裏已經相信了一套貓的故事，包括牠的面容，也已經深深刻在我們的心底，我們還有勇氣去將那塊黑布掀起來，去接受牠的真面目嗎？還有，你聽現在所有的人嘶然叫講話，我們可不是像一開始所希望的，變成了一個貓的民族？難道這隻貓還有什麼特別可看的嗎？報紙漸漸改變口氣，他們說，貓是我們民族的先覺，我們應當尊重，別去打擾。

就這樣，我們雖然變成了貓民族特殊的一脈，去動物園看貓的人反而愈來愈少，差不多快要把牠忘記了。

一直到有幾個保育團體首先發現問題，貓才重新被我們想到。他們發現，以前人人討厭的老鼠，現在竟找不到一隻了，別說是城市，就是在鄉下，以前我們沒東西吃的唯一肉品田老鼠，也完全消失了。也就是說，我們這個地方的老鼠已經絕種。雖然老鼠讓我們討厭，但是牠們可也算是個物種，在這兒滅絕會造成生物鍊的失調，其他的物種也會一樣樣跟著消失，不能說不是件可怕的事。另外一批人才開始追查，發現幾年下來，殺老鼠也變

體內底，除了大部分e老鼠，閣無其他動物，狗仔、魚仔、鳥仔、蛇、人飼e雞、鴨……各種屍體攏有，而且，宰了就囥值靴腐爛、生蟲。毆給宰完全因為趣味！

社會學者嘛開始關心，經過調查合研究，毆發現貓e民族造成咱e暴力合殘殺，你看囡仔，嘴裏發出貓e嘶叫，一句話無拄好，揪咧就咬就打，而且，毆對外宣布毆是外呢快樂。不過，愈來愈濟人開始煩惱，愈來愈濟人對貓e哲學重新思考，尤其是關係著人只是野性動物e觀點，開始受著挑戰。

愈來愈濟人抗議毆e聲帶因為學講貓語，受著破壞，遂無法度恢復；工廠e頭家怨嘆工仔一日到暗相嚷、操譙，嘛知空課；上嚴重e，是卡早學貓語e父母，發現家己無法度教囡仔講人話，嘛知卜安怎。十外萬人又閣向動物園出發，即擺，毆打算無論如何，攏卜給彼塊烏布掀起來，向彼隻貓問予清楚。

嘛拘，一切e一切，攏未赴啊！

毆去到靴，發現無人底收門票，內底草仔發加足 am⁷ 足懸，虎、豹、獅、象，走加無半隻。關貓e鐵籠仔，即馬予 piann 值牆仔角，無看著烏布，更加無看見彼隻會講話e貓。歸個動物園，即陣干擔存幾隻厝家鳥仔徛值牆仔頭啾啾哮……

　　　　※　　　　　　※　　　　　　※

落尾e即層代誌，無一間媒體卜報，不過，我一個值報社服務e朋友給我偷講，動物園e主人，一多前就取著伊心愛e貓，

成了我們的娛樂和習慣，尤其是孩子之間，用殺老鼠來比較，問了才知道每個孩子身上都有一個數字，那就是他們宰過多少老鼠的數字。草叢邊、水溝旁、廢棄的倉庫，疊滿滿地都是屍體；甚至保育學者發現，這些屍體中，除了大部分的老鼠，還有其他動物，狗、魚、鳥、蛇、人們所飼養的雞、鴨……各種屍體都有，而且，宰了就放在那兒腐爛、生蟲。他們宰殺完全是因爲有趣！

社會學者也開始關心，經過調查和研究，他們發現貓的民族造成我們的暴力和殘殺，你看孩子們，嘴裏發出貓的嘶叫聲，一句話不對，就拉在一起咬打，而且，他們對外宣布他們是多麼快樂。不過，愈來愈多人開始煩惱，愈來愈多人對貓的哲學重新思考，尤其是關於人只是野性動物的觀點，開始受到挑戰。

愈來愈多人抗議他們的聲帶因爲學講貓語，受到破壞，竟無法恢復；工廠的老闆埋怨工人一天到晚吵架、罵髒話，不知道要工作；最嚴重的，是以前學貓語的父母，發現自己無法再教孩子講人話，不知如何是好。十多萬人再度地向動物園出發，這次，他們打算無論如何，都要將那塊黑布給掀起來，向那隻貓問個清楚。

但一切一切，都來不及了！

他們去到那兒，發現沒人收門票，裏頭的草長得又高又茂盛，虎、豹、獅、象，都跑光了。關著貓的鐵籠子，現在被丟在牆角，看不到黑布，更看不到那隻會講話的貓。整個動物園，此刻只剩下幾隻家雀站在牆上啾啾叫著……

匿去北美洲一座幽深 e 山林內底隱遁。這其實所有 e 媒體攏知。

——2000/12/10 *初稿*

2004/10/30 *修訂*

※　　　　※　　　　※

　　最後的這件事，沒有一家媒體願意報導，不過，我有一個在報社服務的朋友偷偷告訴我，動物園的主人，一年前就帶著他心愛的貓，躲到了北美洲一座幽深的山林裏頭隱居去了。這其實是所有的媒體都知道的事。

　　　　　　　　　　　　　　　──2000/12/10 初稿
　　　　　　　　　　　　　　　2004/10/30 修訂

國家圖書館出版品預行編目資料

燈塔下：臺語小說集／胡長松著. -- 初版. --
台北市：前衛，2005〔民94〕

192面；21×15公分.

ISBN 957－801－460－0(平裝)

850.3257   94002632

《燈塔下》

著　　者／	胡長松
責任編輯／	陳金順
內文編排／	郭美鑾

出版者

前衛出版社
地址：112台北市關渡立功街79巷9號1樓
電話：02-28978119　傳眞：02-28930462
郵撥：05625551　前衛出版社
E-mail：a4791@ms15.hinet.net
Internet：http://www.avanguard.com.tw

出版總監／林文欽

法律顧問／南國春秋法律事務所‧林峰正律師

總代理

凌域國際股份有限公司
地址：台北縣五股工業區五工五路38號7樓
電話：02-22983838　傳眞：02-22981498

出版日期／2005年8月初版第一刷

Copyright © 2005　　　Avanguard Publishing House
Printed in Taiwan　　　ISBN 957-801-460-0

定價／200元